À SON
IMAGE

科西嘉的
女摄影师

Jérôme Ferrari

［法］热罗姆·费拉里 / 著
蒙田 / 译

海天出版社

· 深 圳 ·

图书在版编目（CIP）数据

科西嘉的女摄影师 / (法) 热罗姆·费拉里著；蒙田译. — 深圳：海天出版社，2020.4
（海天译丛）
ISBN 978-7-5507-2878-3

Ⅰ.①科… Ⅱ.①热… ②蒙… Ⅲ.①长篇小说—法国—现代 Ⅳ.①I565.45

中国版本图书馆CIP数据核字(2020)第053149号

版权登记号　图字：19-2020-030号
Originally published in France as:
À son image by Jérôme Ferrari
© Éditions Actes Sud, France 2018
Cet ouvrage a bénéficié du soutien des Programmes d'aide
à la publication de l'Institut français.
本书获得法国对外文教局版税资助计划的支持

科西嘉的女摄影师
KEXIJIA DE NÜ SHEYINGSHI

出 品 人　聂雄前
责 任 编 辑　邱秋卡　胡小跃
责 任 校 对　赖静怡
责 任 技 编　梁立新
装 帧 设 计　龙瀚文化

出版发行　海天出版社
地　　址　深圳市彩田南路海天综合大厦（518033）
网　　址　www.htph.com.cn
订购电话　0755-83460239（邮购、团购）
设计制作　深圳市龙瀚文化传播有限公司 0755-33133493
印　　刷　中华商务联合印刷（广东）有限公司
开　　本　889mm×1194mm　1/32
印　　张　6.75
字　　数　150千
版　　次　2020年4月第1版
印　　次　2020年4月第1次
定　　价　38.00元

In mimoria di u me cucinu caru,

Jean Vesperini.

献给我敬爱的表哥让·维斯佩里尼

不可为自己雕刻偶像，也不可造上天、下地及地底下水中百物的形象。不可跪拜它们，也不可侍奉它们。

——《出埃及记》（XX，4-5）

龌龊！她想叫出来，但她没叫，因为她不知道，这词该扔给谁：给自己还是给韦斯特，还是天上那群无动于衷地看着所有这一切的天使。这些事之所以龌龊，是因为它们不应该发生；之所以到现在还龌龊，是因为它们一旦发生，它们就不应该被拿到光天化日之下，而应该被掩盖起来，永远被掩盖在地底下……[1]

——《伊丽莎白·科斯特洛：八堂课》
约翰·马克斯韦尔·库切[2]

死亡过去了，摄影随之而来。与绘画相反，摄影不是让时间悬空，而是为时间定象。

——《善事》，马蒂厄·里布莱[3]

---

[1] 引自北塔译文。
[2] 约翰·马克斯韦尔·库切（1940—   ），南非作家，诺贝尔文学奖获得者。
[3] 马蒂厄·里布莱（1960—2018），法国作家、导演。

目 录

第一章
祭坛下的祈祷

（归途，伏伊伏丁那，1992年）

她上一次见到他，是在10年前。他当时打道回府，她陪他走了一程。在贝尔格莱德的长途汽车站下车后，他就一言不发。走了一会儿，他停了下来，依旧沉默不语，身子靠着多瑙河上一座桥梁的栏杆。这座桥1999年遭北约轰炸，只剩下了桥墩。安东尼娅站在后面，手里拿着相机，盯着他看。他穿着一件破旧的迷彩服，上面缝有他的中士肩章，在已经解散的南斯拉夫人民军徽章下，有一个塞尔维亚双头鹰盾牌，两侧是四个西里尔字母C。他脚下放着一个大型军用包，里面装着凯尔泰斯·伊姆雷的匈牙利文版小说《给未出生的孩子做安息祷告》，还有翻译成塞尔维亚–克罗地亚语的布可夫斯基作品全集的第一卷，另有几盘R.E.M.乐队和涅槃乐队的录音带，他已经记不清最后一次听这些录音带是什么时候了。他双手抱头，不看黑黝黝的河水，也不看雨蒙蒙的天空。一群年轻人走上桥，路过他身边时，放慢了脚步，直愣愣地盯着他看，突然莫名其妙地哈哈大笑。

安东尼娅按下快门，拍下了这一幕。这是她给他拍的最后一张照片，一张永远不会发表的照片。起初他似乎没什么反应，然后抬起头来，安东尼娅看到他在哭。他拿起军用包，安东尼娅想跟着他走，他做了个手势阻止了她。她只好留在桥上，目送他走远，直到他的身影完全消失，这时想再告别已经太晚。

2003年8月的某个周五晚上，在卡尔维港，她一眼就认出他了。在摩肩接踵的游客中，德拉甘向她走来，身边还有一位外籍军团的士官。他身上的那套军服现在笔挺妥帖，无可挑剔。她停了下来。两人目光相视时，他对她微笑着，然后走过来热烈地拥抱她，毫无做作的样子。她愣了一下，没有立刻意识到他是用法语跟她说话。他指着她肩上斜挂着的相机，问：“这儿有值得拍的东西吗？”她笑了起来。“啊，不，真没什么值得拍的。”她现在专职拍婚纱照，所以才到卡尔维来。镜头里都是戴婚戒的场景，还有激动万分的家人。当然还有很多新婚夫妇，背景多是花团簇拥的花坛、豪华的轿车以及地中海的日落。总是同样的场景，滑稽可笑，千篇一律，瞬息即逝。报酬不错，但实在没什么意思。她突然打住，不再说话，担心他不明白自己有多苦涩。她问他是否想喝一杯。

他在值班，还要回到拉法利营地去，但如果第二天晚上能和她一起吃饭聊天，他会很高兴。安东尼娅本来打算婚礼一结束就回南部家中。她已经答应和父母一起吃晚饭。他耸了耸肩，难道不能再多待一天吗？她看着他，说："当然可以，我可以多留一天。"

她打电话给母亲，告诉她临时有事需要在巴拉涅再逗留一天。周六晚上她不能按计划回村里跟他们一起吃晚饭，但第二天肯定会来。尽管安东尼娅尽量轻描淡写地叙述了这一意外情况，但母亲还是立刻哭哭啼啼地数落了她一番，指责她任性无礼、忘恩负义、自私自利。安东尼娅没有生气，为了表现自己绝对孝顺，她向母亲保证周日去看她，然后没等母亲说完话就挂上电话，不想再听她絮叨，随后顺手关机，上床睡觉。

整个白天，她都试图全神贯注地工作。她拍摄新娘从浴室出来到穿上婚纱的过程，昏昏欲睡的家人朋友都异口同声地夸赞她的婚纱精美绝伦；她拍下了新郎看到新娘那一刻时的灿烂笑容；她陪同他们来到教堂，拍下了在酒席上所有热得头昏脑涨、喝得醉醺醺的客人。最后一站是在沙滩上，她故意让新娘和新郎在火辣辣的太阳底下长时间摆出各种别致的姿势，希望那些姿势让他们感到辛苦又显得可笑。在拍照结束时，两人虽大汗淋漓，却很开心。他们深信拍摄效果肯定和这喜庆日子一样美妙。他们付钱给安东尼娅时，都热情洋溢地感谢她。随后她便去和德拉甘一起吃晚餐。他们彻夜聊天，等她回到酒店时，已是凌晨5点。她没有一丝困意。即便现在就上床睡觉并能入睡，也要11点钟就退房。于是她决定立刻出发。她计划回到家里先睡上一整天，然后再去村里和父母一起吃晚餐。她坐在方向盘后，发动了车子，并打开了所有车窗。天仍然是黑的，但气温还是很高，并没有降到30摄氏度以下。她驱车穿越鲁塞岛，在通往奥斯特里科尼路上的一个拐弯处，下面的大海仍笼罩在夜幕的阴影中。山后，太阳隐约照亮了天空，倏然间越过山巅，旭日的光芒照亮了安东尼娅的脸。她沐浴在这炫目的晨曦中，随即闭上了眼睛。

安东尼娅的父母和弟弟马克–奥雷尔等了很久都不见她的人影，打她的手机也都转接到语音信箱。她母亲心急如焚，到了晚上9点，情绪已由愤怒转为绝望。他们三人一起离开村子来到城里，在安东尼娅的公寓门前拼命按门铃，却没人回应。向邻居打听消息也毫无结果，只好在小区的大小街道上四处搜寻，试图找到她的车。最后无奈只好打电话报警。

翌日下午傍晚，两名警察赶到村里。安东尼娅的母亲一看到他们脸上的表情就尖声大叫。他们证实了她在过去的24小时内，或者说是她一生都在担心的事情。巴拉涅的同事在奥斯特里科尼的峡谷底发现了安东尼娅的车。搜寻过程花了很长时间。从公路上几乎看不到车的去向，在沥青路上，也没有任何刹车的迹象，只好动用了直升机。安东尼娅可能在前一天黎明时分便身亡了。警察想告辞，但安东尼娅的父亲坚持要请他们喝咖啡。他们一言不发地站在厨房里喝，低垂着眼睛，手里拿着帽子。

两天后，棺材被置放在祭坛前一个简陋的灵柩台上，两旁插着两支长长的白色蜡烛。上前为她祝圣的神甫是安东尼娅的舅舅。38年前，在同一座教堂里，也是他把安东尼娅抱在怀里。当冰凉的洗礼水洒在她额头时，她哭了起来。那时他只有17岁，对仪式毫无兴趣，只想安慰这个在他怀里动个不停的小婴孩。

现在，他说："我要走向上帝的祭坛。"众人回应道："上帝使我青春快乐。"

祈祷语不难说。它们不属于他，没有他它们也能存在，它们既不需要他的痛苦，也不需要他记忆中不合时宜的柔情，而是通过他的实体表现出来，鲜活起来。但他听到众人的响应时却很痛苦，似乎所有这些声音都汇合成安东尼娅的声音，是她在归于沉默前最后一次用一种奇特的多重声音说话。他一时担心自己会因一种无法抵抗和不得体的情绪而失去控制，除了依靠上帝的恩典，别无他法。

他说："我们得帮助，是在乎依靠造天地之耶和华的名。"

他听到在教堂内找不到位置的人说话的嘈杂声，他们待在外面等待仪式结束，以向家人表示哀悼。他们人数很多。夭折，尤其是猝死，是一个具有强大诱惑力的轰动事件。从祭坛上，他看到村里的熟人和陌生人挤在教堂的长椅后面，看到了远亲近戚和他的兄弟们。前排靠近棺材处，站着他的姐姐和姐夫，还有恸哭的马克-奥雷尔。其实他本可以拒绝主持这场弥撒，跟他们站在一起。如果他做出了这个选择，也许他也会跟他们一起哭泣。但安东尼娅不需要这种多余的眼泪……他不再有疑虑，他的位置，就应该在这里，在祭坛的下方。在这里，他比任何时候都更靠近他的教女。

第二章
安魂咏

（往海滩走去的游客一家，科西嘉南部，1979年）

　　安东尼娅14岁生日那天，教父送给她一台相机，这是她平生的第一台相机。那时，他还在神学院修业。她高兴得跳起来，搂住他的脖子，因为当时是他，也只有他，能让她的青春岁月沁满欢乐。数个月来，她对家族的照片非常着迷，她把照片摊开，放在客厅的饭桌上，长时间地一张张端详。虽然这些照片杂乱无章地存放在一个破旧的皮革背包里，但安东尼娅总是小心翼翼地摆弄它们，把它们当成脆弱但珍贵的圣像。其实这些照片并没有特别的意义，所有的家庭中都可看到类似的照片，它们讲述着同样的故事，上面有着相同的人物：穿着蕾丝衣服的新生儿，初领圣体者，年轻的新婚夫妇，在喷泉旁身着夏装的女人以及数量惊人的士兵。凯旋者和失败者，形态各异，或傲慢阳刚，或害怕羞愧，摆着姿势站在索姆的战壕里，或者在拉巴德、阿勒颇和西贡的街道上，在热带森林和沙漠里。他们的帽子上绣着殖民部队的金色海锚徽章，周围站着北非土著军队士兵、塞内加尔土著士兵和骑在阿拉伯纯种马上的北非骑兵，靠近马其诺防线的大炮。战俘集中营的院子里，一群孩子身上裹着军用毯子，坐在母亲的膝盖上，第一批穿着彩色泳衣嬉笑着的青少年，裹着面纱的年迈妇女，神情阴森凄切，证明这个世界确实就是《圣经·诗篇》中提到的泪谷。

安东尼娅的教父起先以为她对自己的家庭出身感兴趣，所以提出要帮她梳理这错综复杂的家族谱系。因为面对早年守寡和再婚的亲戚、同父异母或同母异父的孩子、不可避免的少女母亲、近亲结婚，诸如此类，新手难免无所适从。他花了很大工夫，有时甚至一无所获，才辨认出那些陌生的面孔，确定亲戚的远近辈分，安东尼娅只是很有礼貌地报以些许兴趣。其实，令她着迷的，并不是这个族谱的谜团。跟那些在光滑的纸上留下痕迹的人是否有亲缘关系，对她来说一点也不重要。谜团在于痕迹本身：那些业已老化或早已化为尘土的躯体所反射的光，经由一个过程，被捕获并留存下来，这份奇迹绝非简单的技术能解释。安东尼娅看着母亲10岁时的肖像，她站在屋前月桂树的树荫下，旁边是矮小的祖母，俨然一脸不痛快；她还认出了她的教父，年龄相仿，和其他学生一起在乡村学校院子里拍集体照。

房子、院子、月桂树似乎都没有变，但老祖母已经过世，她的母亲和教父也早已不再是孩子，但他们逝去的童年却在胶片上留下了真实的痕迹，真切而直接，就像在黏土上留下的脚印。在安东尼娅看来，所有熟悉的地方，就从这里开始，浩瀚的世界都沉浸在寂寥中，仿佛过去的所有瞬间都同时存在，不是在永恒之中，而是在现时不可思议的恒常之中。然而，安东尼娅知道所有的成年人都曾经是孩子，死人都曾经活过；而过去，无论多么遥远，都曾经是现在。如此平常的真相，缘何会如此神秘或令人感动的呢？为这个问题寻求明智或深刻的答案显然是徒劳的：照片以其表面的不可穿透性，拒绝对深度的一切追求。

他确信外甥女和教女的新爱好绝非一时冲动。在这一点上，他没有错。但他如此确定并非因为他机敏过人，而是他对安东尼娅盲目的信任。不管她说什么、做什么，他都认为值得称赞。即使她做错什么，他也总认为她在内心深处听从了某些隐秘的崇高理由。自从1965年夏天的那个周日早晨，他把她放在洗礼池中的时候，他就感觉到自己在血缘和精神上与她永远地联系在一起。尽管那时他与上帝并不存在什么关系，而且还因前一晚在城里的一家酒馆里畅怀酣饮而神志不清。他爱她仿若她真的因圣礼的恩典变成了自己的女儿，而他自己一点都没有在意这种爱是他唯一可以充分体验的，没有任何保留和限制。此后，一个意想不到的、不可推卸的召唤让他踏上了大马士革的道路。

他姐姐责怪他，说他这样会把安东尼娅宠成一个令人讨厌的任性的孩子。她很不赞同他再次别出心裁，送给她一台相机，那是一份太过高级的礼物。她之所以不赞成送这份礼物，是因为安东尼娅在生日后的几个星期里，非但没有厌倦她的新玩具，反而将镜头对准家人和不加提防的访客，拍下了他们的照片。只有当母亲威胁要没收她的相机时，安东尼娅才顺从她的意愿，去拍摄动物、花草、风景和建筑物，所有这些东西都温顺而冷漠地满足她的贪婪。

安东尼娅感到很绝望。她对动物或花草根本不感兴趣，只对人感兴趣，而且她的照片总是拍不好。她虽然在笔记本上认真地记下光圈值和快门速度，但拍出来的照片都很模糊，不是太暗就是曝光过度。每次取回洗出来的照片，她都非常沮丧。她的照相水平没有任何长进，而且花了很多钱。父母迫不得已，只好同意她在地窖里安置一个冲洗底片的暗室。她父亲从合作社批发购买了一些化学品和玫瑰红酒，混合后再装进瓶中给她用。她学会了用这些散发着酸性气味的化学溶剂来冲洗底片，最终学会了如何调节曝光和正确定焦。但即便如此，她还是不满意。应该承认，大多数的瞬间并不值得奇迹般地从虚幻无常中捕捉下来。直到1979年8月，她才在无意中拍下了首张她认为值得保留的照片。

帕斯卡尔和他的朋友们向安东尼娅、玛德莱娜和莱蒂西娅以及村里的其他女孩提议，要带她们到城里吃冰激凌。他们已经不把她们看作孩子，这不免有点危险。他们把车停在港口上。大大小小的咖啡馆沿着通往海滩的街道一路排开，一直通向海边。他们需要穿过街道，才能走到海边的露台。安东尼娅手上拿着照相机，和女孩们一起在露台上坐着，男孩们则留在街的另一边，坐在人行道上的一张桌子旁。唯有帕斯卡尔倚在门边的墙上，手里拿着一杯咖啡。他穿着白色上衣和裤子，上面点缀着印度风格的五颜六色的刺绣，脚踏一双也是白色的编织软帮平底鞋。那时他才19岁，安东尼娅觉得他长得帅极了。她透过取景框长时间地观察这群男孩，调整好焦距，只等着街口的那位讨厌的服务生钻进酒吧里。等她按下快门时，她事先没有看见的几个路人突然从左边闯入画面。

那是一对游客，一男一女，约莫40岁，带着两个孩子。他们赤着脚走向海滩，身上只穿着泳衣，毛巾搭在肩上，完全没有意识到因为自己不可原谅的疏忽而窜入画面，破坏了安东尼娅精心设计的构图。冲洗底片的时候，安东尼娅惊讶地发现照片十分完美，心想永远不应该对非凡的偶然机缘感到绝望。照片上，男孩们都抬起头，带着谴责和厌恶的神情注视着画面左侧的游客，后者若无其事地在酒吧的店牌下向前走去。

帕斯卡尔也看向他们，但他目光中的谴责或厌恶更为强烈。他们继续前行，脸上带着微笑，似乎并没有察觉到周围异常敌对的气氛。很难确定他们的视而不见是出于天真还是蔑视。照片并没有显示出来，但它显然留下了一种可能性：一秒钟后，男人突然转向他妻子，不小心撞翻了帕斯卡尔的咖啡，帕斯卡尔惊讶地看着自己精致的白色套装上的棕色斑迹。做错事的男人张大嘴巴，也许是为了做无济于事的道歉。但帕斯卡尔没有给他说话的时间，便一头朝他撞了过去。游客双手捂着鼻子，跌倒跪在人行道上。女子尖叫着向帕斯卡尔扑过去，他粗暴地把她推到墙上，走到倒在地上的男子身边，一边辱骂，一边用力踢了他的肋骨一脚，接着又踢了一脚。游客在地上蜷缩着，力图保护自己。酒吧里，没有人起身来帮他。

两个孩子惊恐万分，开始尖声哭喊。女人的肩膀和背部都被擦破了皮，她把孩子抱在怀里，也哭了起来。安东尼娅和女孩们走过来围观。大家都在看。帕斯卡尔的怒气瞬间消了。他站在那里，气喘吁吁，两眼茫然，转身走进了酒吧。男人站起身来，满脸是血，带着妻子和孩子离开了现场。安东尼娅看到有人在幸灾乐祸。奇怪的是，虽然她抱怨缺乏有趣的题材，她却没有拍下这件事后半段的任何照片。她知道自己这样做是对的：一个男人在孩子面前被人打，他所受的耻辱，他的恐惧和软弱，更重要的是，旁边看热闹的这群人所表露的卑鄙欢愉，这一切都应该永远消失在过往的深渊中。安东尼娅从来没有与蛇发女妖美杜莎对视过，但她第一次感觉到了她的存在，听到了她头发上的诸多蛇的咝咝声。她觉得口干舌燥，有点恶心，隐约感到羞愧，同时也感到无比兴奋，因为她刚刚目睹了这种纯粹的、过分得完全没有理由的暴力冲动，她想近距离接触，弄清其中的缘由。

帕斯卡尔在酒吧里试图用湿布擦洗咖啡污渍，但却擦不干净。当他从酒吧出来时，她觉得他反而更有魅力了。在回来的路上，车里的男孩们都在祝贺他，用力拍打他的肩膀。他开着车，眼睛直盯着前面的路，不答话，也不微笑。当他把她送到家门口时，安东尼娅想给他拍个握着方向盘开车的特写，但她不敢让他摆姿势。她把那张自己很满意的照片寄到了神学院给她的教父，好让他能为自己的进步而高兴。在随附的信中，她却对这件事只字不提，也没有谈到在她的灵魂中激起的令人不安的矛盾情绪。她给他寄去越来越多的照片，都是她认为成功的照片。1981年2月，她赠送给他一张装上框的大幅照片，拍的是他在圣职授任礼时兴高采烈、激动万分的样子。那时他整个人趴着，心脏叩击着阿雅克肖大教堂冰冷的石板地。

此刻，丧钟刚刚敲响了第一下，他穿着祭披，紫色的围巾搭在肩膀上，等候棺材的到来，徒劳地在罗萨尔圣母雕像前祈祷。他深知体验可怕的孤独和舍弃对信仰是必不可少的，但此时此刻，他无力承受它。他仍然害怕自己无法为死者主持仪式。两天前，他姐姐打电话告诉他安东尼娅意外身亡时，就要求他，或者更确切地说是强求他给外甥女主持葬礼仪式。起先他愤怒地拒绝了："你怎么能这样呢？你明明知道这不是我的位置，我的位置是在你们身边。"但她不听他话。他笨拙地、徒劳地重复，"这不是我的位置，你听我说。"但她打断了他的话，说："不，你得听我说。如果你拒绝主持仪式，他们会给我们派来一个方济各会修士，可能是弗兰德尔人、墨西哥人、老挝人，或者其他什么地方的人，谁也听不懂他们说的话，他们会让所有人都忍不住发笑，即使在葬礼上，你也会听到笑声，冷嘲热讽声，他们自己甚至毫无察觉。他们是聋子，傻子，全都是傻子，他们连名字都会搞错，你想象得出吗？他们甚至不能正确念出棺材牌子上死者的名字。上个月，在让–夏尔老汉的葬礼上，神甫在整个弥撒期间都称死者为让-西蒙，却没有人敢告诉他，这简直是耻辱！而且，这种错误，他们犯了一大堆。他们完全可以保持低调，只做些弥撒，为死者祝圣，然后回到修道院去，可他们却不这样做！他们无休止地讲道说教，你简直无法想象！真的是没完没了，当然啦，谁也听不懂他们说什么，怎么能想象他们能说一口流利的法语呢？我压根儿不能理解！没人能听懂，那也好。他们不了解我们，他们什么都不知道，他们肯定是瞎说一通，接连不断地讲一些陈词滥调和谎言。但我可不想让一个不认识我女儿的比利时老头跟我们讲述她的生平，把她称作珍妮或罗伯特，或者只有上帝才会知道的名字，这会让大家笑话。我不希望被人嘲笑，玷污关于她的记忆，即使是带着世界上最美好的意图。你也不希望这样，你肯定不希望这样。这场仪式，必须由你来主持，没什么可商量的。别告诉我这不是你的位置。那你的位置应该在哪儿？"

当然，她说得有道理，方济各会确实都是外国人，或者是傻子，或者两者都是。他们操着一口萨比尔语①，说话的音调总是兴高采烈，这只会严重破坏仪式的庄严气氛，更不用说是葬礼了。所以他只好告诉她，"你说

---

① 阿拉伯语、法语、西班牙语及意大利语等的混合语，曾通行于北非及地中海东岸各港口。

得对。"他最终还是让步了。

　　让步也是唯一可以想象的结果。因为他姐姐说话的口气带着一种无情的挑衅意味，容不得任何人反驳。她已经36个小时没睡觉了，而且从前天开始，自从安东尼娅没有从卡尔维回来、杳无音信也不接电话之后，她每说一句话都泣不成声，哽咽地不断重复，"肯定是出什么事了。"这让他十分恼怒。他甚至无法担心或想象那是真的，一秒钟也不行。可这确实是千真万确的，现在真的发生了不幸，她反倒不再哭了。突然间，整个未来，她的所有精力都放在如何组织葬礼上。她只需履行自己的职责，体面地埋葬她女儿。她全心全意地投入这一独特的任务中，逐一消灭所有的障碍。第一个障碍就是她弟弟的不配合，他可能会妨碍她做事，她已经没有心思去悲伤了。"多么可怜的托词，"他想道，"我可怜的姐姐！"他对她抱有无限的同情，但他不得不承认这可疑的怜悯，不过是他用来逃避悲伤的可怜的权宜之计。

　　翌日，他离开堂区，来到阿雅克肖。他的外甥马克-奥雷尔在机场等他。他们相互拥抱，马克-奥雷尔对他说："太好了，你来主持弥撒。她会很高兴是你主持。"然后便像个小孩一样靠在他的肩膀上哭了起来。天气热得可怕。他在脖子上感觉到外甥的呼吸、汗水和灼热的泪水，他轻轻地把马克-奥雷尔推开，"我们现在就走吧！"他们在白茫茫的天空下开着车。马克-奥雷尔先是沉默不语，时不时吸一下鼻子，用手背擦鼻子，鼻涕在黑色西装的衣袖上留下闪亮的痕迹，然后开始说话。他迷失在完全没有意义的猜想中。"啊呀！要是她没有去卡尔维就好了。"他很气愤，因为巴拉涅新娘的家人打来电话，草草表示了哀悼就问是否还能把照片寄给他们。"你能想象出来吗？"他呜咽着说，"她是那么喜欢摄影！"神甫闭上了眼睛。他透过敞开的车窗，呼吸着科西嘉岛灌木丛的香气，一言不发。他没有问马克-奥雷尔："你怎么可能完全不知道你姐姐是什么人呢？"然后马克-奥雷尔建议，做弥撒时可以把安东尼娅的相机和肖像放在棺材旁边，以纪念她的所爱。"你觉得怎么样，应该蛮好的，对吧？"

他突然转向他的外甥，几乎是大声吼着："不！这绝对不可能！"

真是奇怪，马克-奥雷尔从小就偏好那些最愚蠢、最平庸的想法，有时是一些完全怪诞的想法，就像刚才他天真地表达出来的那样，他的热情可是漫无边际。如果任由他去做，他或许会在弥撒期间放映幻灯片，甚至会读一首诗，当然是他自己亲手写的诗。他读的时候，一定会痛哭流涕。从某种意义上说，他远比一群老态龙钟、喋喋不休的方济各会的修士还要危险。但他如此悲痛，不能过分粗暴地拒绝他。"马克-奥雷尔，我的孩子，"神甫尽力以一种同情的语气说，"明天的目的不是讲你姐姐的生平，讲她爱什么，恨什么，甚至也不是要表露我们有多伤心。明天我们要把你姐姐交还给上帝，我们祈祷他能接收她。这跟照相机和肖像都没关系，与我们的私人记忆也毫无关系。你明白吗？"

马克-奥雷尔默不作声地点了点头，这并不意味他都听明白了，而只是因为他很温顺。神甫不由自主地觉得这种温顺很可悲。如果上帝一定要召回他其中一个外甥，为什么不选择这个呢？他责备自己竟然生出这种在他脑海里挥之不去、诚实得可怕的想法。他觉得自己很不公平，很残忍，没有丝毫发自内心的爱。他唯一所能奉献的一点爱，全部都倾注在这个他现在必须安葬的年轻女子身上。剩余的爱只能来自暂时干涸的超自然源泉。他的嘴唇哆嗦着，强忍住了涌上眼眶的泪水。他把手放在外甥的肩膀上。

回到村里，一群人聚集在家门前的阳光下。他们在人群中挤出一条路来。他们经过的时候，人们暂时停止了兴高采烈的谈话，伸出胳膊来拥抱他们。他们边与人相拥边艰难地朝前走。马克-奥雷尔靠在一个陌生人的肩膀上又哭了起来，神甫继续在火炉般炽热的酷暑中独自前行，额头上流下的汗水遮住了视线。四周很多人叫着他的名字，或喊着"神甫"。他来不及认出那些把他抱在怀里并在他脸颊上热吻一番才松开他的人。他终于跨进了房子的门槛，在厨房和餐厅里，人们围在热气腾腾的咖啡机和蛋糕旁，低声交谈。瓶里的水已经变得温热，糕点和昏暗的光线并没能增添几分凉意。夏日余晖穿过百叶窗，形成水平光线，细细的灰尘在其中飘浮。在白色的灰浆墙上，科西嘉岛造型的温度计上显示着38摄氏度。

他来到了安东尼娅遗体停放的房间，里面一片静默，只能听见苍蝇在嗡嗡作响。时不时有人缓慢轻轻地走进房间里，就像生怕惊醒孩子似的。他们在遗体上方画十字，静默片刻，随后又小心翼翼地退出。床边坐着他的姐夫和姐姐，向他点头示意。他走过去拥抱他们。他们一句话也没说。他看了一眼安东尼娅。她双手相合，放在白色的床单上；左眼上有淤血，经过笨拙的化妆更显难看；嘴部和下巴上放了一块手帕，也许她的下巴在车祸中被摔碎了，也许是殡仪馆的员工不得不敲断它，因为尸体过于僵硬无法闭上她的嘴巴。腐烂的气味已隐约可闻。在炎炎夏日中，安东尼娅在车里待了30多个小时才被发现，防腐处理之术毕竟有局限性，而且经手人明显不够专业。在这种状态下本来是不应该展示遗体的。他姐姐没有顾及任何礼仪，但他觉得她没有做错，本来就不应该逃避死亡的场景，不应该美化它。即便是伤痕累累，或是已经腐化，甚至被灵魂抛弃，僵硬得如同石头，身体仍然是神圣的，或许更神圣了。他为安东尼娅祝圣，吻了她的额头，跪在床边祈祷，为她守夜，祈祷了几乎整个夜晚。他打了一会儿瞌睡，拂晓醒来。抬尸时间定在下午3点，但入殓时间不能再推迟了。

"神甫。"一个声音在犹犹豫豫地喊他。

丧钟敲响了第二下。他没有祈祷，也没听见。他神情恍惚地看着罗萨尔圣母神像。这是一尊彩色的木质神像，有一天，被海浪神奇地冲到沙滩上。圣母的怀里抱着一个赤裸的婴孩，大海和数百年的时光已经磨滑其轮廓，在她那蚀洗过的褚石色和淡紫色斗篷上，原先那璀璨闪烁的天穹现已化为窟窿。她的指端悬垂着一串念珠。她很丑，毫无优雅灵气，一直都是这个样子。他小时候就见过这尊神像。在加入大陆堂区之前，在他还担任村中教堂神甫的时候，他就经常站在她面前。但今天没有任何爱赋予她更多的优雅和灵气，在他眼里，这不过是一个盲目的偶像。

"神甫？"

他转过身去。在他面前站着4个穿着白衣黑裤的年轻人。他勉强地朝他们笑了笑。"神甫，我们是来唱弥撒曲的。是马克–奥雷尔叫我们来的，他应该告诉过您了。"

他听天由命，终究无法阻止外甥采取可能是灾难性的积极行动。不过他还是安慰自己，觉得这些男孩唱得应该不会比村里的合唱团差。当然，也可能会唱得更糟，但这种可能性毕竟很小。

"我猜你们唱的是复调吧？"

他们点点头。

"你们唱的时候需要我示意吗？"

"不需要，神甫。我们了解礼拜仪式。我们经常唱弥撒。"

"哦，那就太好了。"

"但我们想问您，您想让我们从《震怒之日》到《拯救我》都唱完吗？因为有些神甫不……"

"全部唱完，"他打断对方的话："把你们能唱的都唱完吧！把《震怒之日》的诗句都唱完。"

其中一个歌手怯生生地问："您不怕它有点长吗？"

他对着对方苦笑并回答说："有点长？对谁来说长？"

他示意他们去祭坛旁边坐下来，然后走出教堂，来到广场上。一股热雾飘浮在远处的海面上。人已经很多了。一些男人朝他做手势，再次表示哀悼，随即兴高采烈地继续聊天。现在，在仪式进行期间，他不再是死者的舅舅，而只是一位神甫。他认出了西蒙，他孤零零地坐在一堵矮墙上，眼睛发红。在投身神职之前，他曾和西蒙的母亲黛米安同居，那是个比他大10岁的寡妇。

他投身神职的第一件事就是彻底抛弃了这个女人，这深深地伤害了她。想到这，他心里特别难过。因为他那糟糕和不够深切的爱，已经让她遭受了很多痛苦。似乎只能以不可磨灭的罪孽为高昂代价才能获得恩典。他走近西蒙，西蒙站了起来并把他抱在怀里。丧钟敲响了第三下。灵柩车停在教堂前。4个人把棺材拉了出来，举到肩上。神甫在前面领着他们走向祭坛。

当歌手们唱起《安魂曲》时，他的疑虑顷刻消散了。他们唱得非常完美，没有高声吼叫，而是带着适度的悲怜。他们的声音就是所有在场者的声音，也是安东尼娅的声音，基督的声音（基督仍希望苦涩的圣杯能远离他的嘴唇），是软弱和充满希望的声音。罗萨尔圣母在她的礼拜堂里似乎复活了。这尊神像无疑是出自卢卡或利沃诺的一名平庸艺术家之手，那位毫无才华的江湖骗子不得不放弃雕塑生涯，做起有利可图的圣物生意，将尖尖的木料变成真正的十字架，在精心磨破的灰色裹尸布表面画上神像的脸，在小块膝盖骨或股骨上镶嵌上黄金，在羊骨上雕刻。他在清醒的绝望中不假思索地将雕像抛向大海，从未想过有一天她会成为膜拜的对象。据说当坎波莫罗的几位渔夫发现这尊手里拿着念珠、被冲上海滩的神像时，他们根本无法把她抬起来。

奇迹发生的消息传开了。人们从周围的山上下来观望，然而即便做了无比虔诚的祈祷也无济于事。他们当中谁也无法搬动圣母，她始终沉重如山，不为所动。等到村里的两个老人亲自出马，她才同意变轻，让他们把自己安置在礼拜堂里，从此那里便成了她永久的安身之所。大家都为这一可怜的选召迹象感到高兴，这确实是唯一向他们显现的奇迹。当然，神甫从来就不相信这个幼稚的奇迹是真的。随着时间的推移，天真的人们将把这尊神像送到此地的这一偶然事件解释为天意。毫无疑问，他们也借这个机会，满足了自己古老的偶像崇拜。其实，说到底，这一点也不重要。他很清楚，没有什么比这更卑微的东西能够接纳和显化神圣的存在了。这就是所谓的奇迹。以至于此时此刻，当歌手们咏唱《诗篇》中的"上主，你在锡安当受赞美"时，他几乎可以感受到彩绘木像在微微颤动。

第三章

垂怜经

（逃离火灾的女人，阿尔塔洛卡，1983 年）

　　1980年1月6日，地区电视台新闻报道了自治活动分子在巴斯泰利察抓获了3名武装分子，他们被怀疑是卧底，密谋刺杀自治活动分子，后者想在将俘虏交由司法机关绳之以法之前举行新闻发布会，于是警方派遣装甲车和保安警察包围了村落。在报道中，可看到穿蓝色制服、戴头盔的保安警察，在潮湿的道路上布下围网。帕斯卡尔正在和家人吃晚饭，听到这个消息立刻站了起来，与父母告别后便拿起猎枪和两盒子弹，上了车。

　　安东尼娅不知道他在哪里以及如何与这个组织的成员会合。他们在晚上成功地穿越警戒线，带着3名人质向阿雅克肖驶去。半夜3点，他们在费施街的一家旅馆里负隅顽抗，将客人扣留下来当人质，在那里待了48个小时。在这期间，一种内战的肃杀气氛笼罩在戒严的阿雅克肖上空。一个保安警察殉职，其他警察被击伤，枪手未被抓获。惊慌失措的警察开枪杀死了一个女子和一个年轻男子。只能说那两人运气不好，偏偏在那节骨眼上开车经过现场。

电视新闻没有转播现场血腥的画面，只展示了挡风玻璃上留下的弹孔。武装分子们最后同意去宪兵总部而不是去警察局自首。指挥官克里斯蒂安同意他们把卸下了子弹的武器举到肩膀上，自由行走在从旅馆到警察局的路上。安东尼娅在电视机前泪流满面，看着他们缓慢地在深夜中行走。帕斯卡尔与他的战友一起被带到国家安全法院审判，并被关押在桑代监狱里。她几乎每天都给他写信，给他拍很多照片：盼着他回来的朋友们，寂寥的小巷，春天的到来，然后把这些照片邮寄给他。

他对她说，如果他不经常回信，不要惊慌。他不喜欢写信，而且监狱生活很单调，他不会有很多事情告诉她，不过他还是盼望收到她的信和照片。他说自己一点儿也不后悔，只渴望早点再见到她，也渴望再见到其他人。多亏了她，他的这些朋友起码还能以图像的形式存在，因为他把他们的照片贴在牢房的墙壁上。他在夏末获释出狱，大家在学校的院子里为他组织了一个庆祝晚会，围挤在他身边，拥抱亲吻他。

西蒙寸步不离地跟着他，把他当成了神灵，向他投去虔诚的目光。每当他心目中的英雄向他报以微笑，或在他脖子上轻轻拍打一下，他就变得满脸通红。帕斯卡尔似乎不太在意安东尼娅，她非常难过，根本无心拍摄晚会的照片。但到了晚上，当她戚戚然要回家时，他把她拉到一边，搂抱着她感谢："我永远不会忘记你为我所做的一切。"他抚摸着她的头发，在她嘴唇上留下一个独一无二的贞洁的吻。他说，"现在你回家吧。我会等你的。"他确实等了很久。他等了两年。1982年7月的一天晚上，他让安东尼娅坐上车，把她带到村子外。他在一条远离马路的土路上停下车。他这次的吻远没有上次那么贞洁。他开始沉重地呼吸，只脱下她身上可能妨碍他动作的衣服，就在车后座上进入她的身体。完事后，他提起裤子，出去抽了一支烟，烟在黑夜中泛着红光。安东尼娅用自己的T恤衫擦拭肚子上残留的精液，在黑暗中摸索寻找内裤，终于在乘客的座位下找到了。她出到车外，来到帕斯卡尔身边，温柔地从他身后搂着他，面颊靠在他的肩膀上。他转过身来抱紧她，并亲吻她。当时既没有太多的痛苦，也没有太多的快感，也根本没有血迹。事情似乎并不像她长久以来想象的那样，但这并不要紧。她有了一次美妙的体验，心中充满了爱意和感激之情。

从那晚之后，在他没有神秘消失的所有夜晚，他都会在同一个时间，带安东尼娅去同一个地方。她、玛德莱娜和莱蒂西娅坐在村里酒吧的露台上聊天，帕斯卡尔和他的朋友们在柜台边喝酒。他走了出去，并向安东尼娅挥手示意，她就跟着他走。他一言不发地开着车，神情庄重地看着道路。他一把车停在土路上，就狂热地亲吻她。等到后来安东尼娅积攒了足够的经验和胆量之后，他们做爱的方式就被彻底地固定了下来。他仰身躺在车座上，眼神茫然。她朝他俯下身去，解开他的裤子，弓着腰吸舔他，这样变速杆就不会把她的胸部弄得太疼。但他从来没有让她做得太久，不一会儿就把她推起来，这时她就知道要转到后座椅上。8月份，他有两三次是在车盖上跟她做爱的，她可以看到星星。当他们回到酒吧时，让-约瑟夫和玛德莱娜正一起离开，泽维尔和莱蒂西娅朝着土路的方向走。一切都按预先想象的那样发生了，她们与从小就认识并仰慕的男生发生了关系。男生们看着她们长大，知道她们属于自己，一切不过是时间问题。她们现在成为他们的女人，所有的人都这样称呼她们，没有人用"女朋友"这个词。这也没什么错，因为她们确实在十六七岁就成为他们的小妻子，早早就变老了，被一种姻缘捆绑住，僵死、生硬、单调犹如缺乏幻想的婚姻。

安东尼娅就这样顺理成章地成了"帕斯卡尔的女人"。这个新角色完全定义了她与其他人的关系，首先是与帕斯卡尔的关系的性质。他以无比的虔诚和尊重，甚至是过于腼腆的态度去对待她，在公众面前没有任何亲密的表现，私下里也没有任何激情的迸发，以至于他与她的做爱方式最终只是尊重和腼腆的额外表现，仿佛任何创新（哪怕是微乎其微的创新）、仿佛任何欲望的表现都只能是侮辱和亵渎。如果安东尼娅表现得像热情有加的情人，他会觉得淫秽，他会力尽所能地制止它，但他从来没想到尊重和腼腆恰好可把淫秽推至极致。

安东尼娅的教父刚刚接管了几个教区，他也承诺要接管村里的教堂。他教女的爱情生活，尽管他不知其中的性爱细节，却让他气恼到了极点。他并不觉得帕斯卡尔有什么不好，帕斯卡尔1999年去世时，他真心地感到悲痛，就像他为那些所认识的、英年早逝的年轻人的遗体祝圣时一样悲痛。他手中提着的香炉非常沉重，重得他的手都软了下来。不，他并不觉得帕斯卡尔有什么不好，但他无法接受安东尼娅的命运就这样被凄惨地圈定了。他对她报以无限同情，因为他知道像帕斯卡尔这种男人的爱，是一种真诚、笨拙、屈尊的爱，这种爱肯定是有毒的，只是她不知道而已。

他希望在她还没有像一朵花那样完全枯萎之前，在只能抱憾终身之前尽快意识到这一点。他不允许自己做任何道德批评，而是为她祈祷，祈祷上帝可怜她，解救她。所以他在棺材前一边听着一首以前没听过的《垂怜经》的旋律，一边再次祈祷。歌声在一股几乎难以察觉的气息中响起，歌手们似乎竭力挣脱使他们窒息的焦虑和恐惧，好让人们听到歌声从地上升起。经过《垂怜经》的三个升调，《基督，求你垂怜》的旋律在整座教堂里回荡，如此完美、和谐，令神甫为之心碎。但从《基督，求你垂怜》的第二段开始，用了一组减七和弦的对声，先是柔和，继而越来越激昂。

马克–奥雷尔停止了哭泣，惊愕地盯着歌手。神甫闭上眼睛。他不想看到外甥的脸。他本应背对着公众主持弥撒，面对硕大的十字架站立，正如盛大的罗马仪式所要求的那样。他只听圣歌和完美的祈祷，不受私欲影响，这种自私如此根深蒂固，以至于当他们用自己的话呼唤上帝时，它会影响自己的激情。上帝犹如一个残忍而反复无常的独裁者，有时会让自己被他们的装腔作势、低三下四的讨价还价、一丝不苟的迷信以及他们可笑可耻的忏悔所哄骗。所有这些，都让他们变得如此令人憎恨，如此令人怜悯。而他们却抬起怯生生的眼睛望向天际，希望上帝能将恩典的天粮降临在他们身上，免受形形色色的灾难：血腥的战争、苍蝇、牛虻、冰雹、青蛙和蝗虫雨，以及1983年9月从黎明到中午如雨一般落在村庄上的灰烬。

安东尼娅醒来的时候，她看到一些黑乎乎的东西伴着一股热风在天空中飘动，沿着不规则的轨迹掉落到地上。她走到屋前，看到那是烧焦的树叶，其中一些叶子的脉络纹理完好无损，但手指一碰便化为灰烬。山的另一边起了大火。两个村庄被迫紧急疏散。"如果风向不转，我们也将深陷其中！"安东尼娅的父亲说道。大家都在祈祷风将火势引到别处。安东尼娅的教父也不由自主地做了这种无情的祈祷，每个人都希望他能以神甫的身份获得上帝垂青。之所以说无情，是因为他一悲痛时，便会对其他教区居民的命运漠不关心。

灰烬雨越下越大，天气越来越热。到了中午时分，他们都聚集在村庄高处，看着熊熊山火。在他们的头顶上方，森林灭火机徒劳地来回穿梭。老太太们一边画十字一边哭泣。安东尼娅手中拿着相机。"都这关头了，你就没别的事儿可想的吗？"她父亲怒气冲冲问她说，"我真不知道自己怎能忍得住不扇你一巴掌！"她从没见过父亲发那么大的火。小时候，父亲从未打过她，他似乎不可能等女儿满18岁才开始虐待她；不过，她觉得还是离他远点更谨慎些。她教父对她说道，"别担心，他只是说说而已，心里并不这么想。"

突然，传来一阵低沉的巨响，火苗越过了高达500米的山脊，窜下村庄。燃烧的噼啪声震耳欲聋，犹如世界末日的一个怪物，一个浑身火焰的怪物在咆哮。从早晨到现在，安东尼娅第一次感到了害怕。她将眼睛贴近取景框，这才感觉好些了。接着尖叫声四起。在她面前，一个女人转过身来，她的嘴巴恐怖地扭曲着，手臂举向天空，狂奔了起来。大家都落荒而逃，安东尼娅按下几次快门。几个男人在哭喊。她听到有人叫她的名字。她没有回答，继续拍照。帕斯卡尔抓住了她的胳膊。

"你在干什么？走了！现在就走！你父母在找你呢！"她试图抗议，但他不由分说就把她拉走了，不断重复说她疯了，直到把她带回家。有力气的男人都待在那里，徒劳地守护着房屋。她也要求留下。"我给你一巴掌！"她父亲吼叫道，"甚至两巴掌！"她被迫和母亲、马克-奥雷尔一起坐车走。离开村子时，她通过开的车窗又拍了几张照片。

村子没有烧着，它依然屹立在那里，面朝大海，倚靠着被烧得漆黑的山脊，荆棘、灌木丛和杂草，数个月后才重焕生机。安东尼娅的父母拒绝看她在火灾中拍摄的照片。帕斯卡尔扫了一眼，轻轻地点了点头。只有他的教父真的对此感兴趣。安东尼娅给他看了那张她认为最好的照片：画面上可看到那女人的半边脸，她在吼叫，伸着胳膊，手指张开，在她身后，村里第一批房子上方出现了一道火墙。在另一张照片上，一个男人蹲在地上，在雨一般落下的灰烬中，双手捂着脸在哭。

安东尼娅的教父向她借走了这些照片，没告诉她就把照片转给了在地方日报社工作的一位朋友。9月底，报纸刊登了夏季火灾专题报道，题目很简洁："地狱之旅！"配图正是安东尼娅拍摄的两张照片。主编选择了两张最平平无奇的照片，但安东尼娅很高兴，一点也不生气。她拿着报纸跑到帕斯卡尔家，他不在。帕斯卡尔的母亲吸着鼻子说儿子在早上6点就和让-约瑟夫一起被抓走了。显然，整个地区的其他民族主义活动人士都已被捕。安东尼娅低头离开，去找她的教父。她在教堂找到了他。"他们又逮捕了他。"她说完这句话，马上哭了起来。教父把她搂在怀里，她痛哭流涕。他喃喃道："我的小宝贝，我的小宝贝，我的小宝宝。"她浑身哆嗦，非常绝望，本来要在一个星期后去尼斯大学，现在怎么办？她缩在他怀里，在罗萨尔圣母神像面前哭着，那是1983年9月。而今天，就在这里，她的棺材两侧点燃了蜡烛，《垂怜经》正以一种美妙的小和弦减七和弦结束，令人撕心裂肺。

第四章
书简：圣保罗给
塞萨洛尼基的第一封信

（被绞死在面包市场广场上的阿拉伯人，
的黎波里，1911年）

马克-奥雷尔的声音出奇的坚定。

"兄弟们，我们不希望你们对死者一无所知……"

不，我们不会对死者一无所知。摄影的历史从惰性开始，在尼塞福尔·尼埃普斯①的宅邸上方，太阳马上就要结束在天空中的旅程，终于在金属板上留下一个奇怪的影像：一堵四面被同时照亮的墙壁和一棵果树在光线下的剪影。从此，摄影克服了它初始的腼腆，从石头、干花和炮弹等静物转向其他同样完美的影像：僵死的尸体、经防腐处理的祖先遗体、夭折的孩子、葛底斯堡战场上的美国士兵、国民警卫队和一排排躺在木板棺材里的被枪毙的巴黎公社社员。

1911年11月底，当加斯东·谢罗离开巴黎前往的黎

① 约瑟夫·尼塞福尔·尼埃普斯(1765—1833)，日光摄影法的发明者，拍摄了摄影史上的第一张照片《窗外的景色》。

波里时，人们早已学会利用现代仪器将生命的运动固定下来。清晰的面孔不再必定是尸体的面孔。但这些简单的技术进步显然不能解除摄影与死亡之间从一开始就建立的亲密联系。

他的行李中装有一架柯达的胶卷相机，是一个朋友借给他的。然而，他被《晨报》选中，作为战地记者去报道这场意大利希望借此成为殖民大国的战争，并不是因为他那蹩脚的业余摄影师才能。加斯东是一名作家，人们期待他详细报道奥斯曼帝国衰败的过程。那时帝国的颓势已初见端倪。9月底，由主要来自南方、撒丁岛、卡拉布里亚或西西里的士兵组成的意大利军队攻占了的黎波里。司令部原以为当地居民会拥护他们，最不济就是冷漠观战。

但到了10月，正当第11军团的狙击兵在西拉夏特绿洲与土耳其人作战时，却被贝都因人从后方包围，被打得落花流水：尸体被肢解，生殖器被切割，眼睛被戳穿。意大利军队随之以牙还牙，进行镇压，残暴野蛮至极，几位战地记者发回了骇人听闻的报道，欧洲媒体无不为之义愤填膺。此时，意大利人面临着一个前所未有的难题，即他们的形象问题。屠杀和驱逐被突然曝光，公之于众。媒体的宣传之战必须在受邀前往的黎波里的富有同情心的记者的帮助下进行。加斯东便是其中之一。他非常高兴。加斯东酷爱意大利，或者更确切地说，他酷爱轻歌剧的布景，这就是他心目中的意大利。他从小就梦想看到东方，慵懒倦怠的宫女漫步在后宫中，骆驼在高大的椰枣树阴影下徘徊，这就是他想象的东方。

加斯东带着小柯达相机，愉快地追随自己的欲望，奔向前方。他没有失望，也不可能失望，因为这种欲望的力量是如此之强烈，他一开始根本看不到呈现在他眼前的景象。意大利人都很可爱、健谈、平静、轻松，连宪兵都这样，他觉得他们十分滑稽。湛蓝的天空和大海令他欣喜若狂。每一朵花，每一颗果实都似乎生长在伊甸园的纯真之中，芳香醉人，11月的天气宛若夏天。

他答应妻子有朝一日一定要带她去发现所有这些美妙奇观。

在锡拉库扎的梅西纳，狂风肆虐，但奇景不断。在船上给妻子写信，他自豪地写道，船上像他这样的乘客为数不多，他虽晕船却能照常到餐厅就餐，但餐厅提供的劣等食物实在不敢恭维，佐餐的葡萄酒更是糟糕。因霍乱肆虐，船无法登陆马耳他。他知道，霍乱也在的黎波里等待着他，但意大利当局警告所有前往利比亚的记者，如果他们不想被立即驱逐出境，就不要在文章中提及霍乱。加斯东十分不情愿地屈从于这个他认为极为不公平的禁令。

　　但他想去非洲看一看。

　　11月28日早晨，他看到了非洲的海岸：棕榈树、山峦、沙漠，这就是非洲！他简直不敢相信明媚的阳光正照耀着一个饱受战争蹂躏的国家。他和其他委派记者一起，受到了一个极其和蔼可亲的意大利军官的接待。军官向记者就前线的情况做了十分乐观的介绍，并请他们吃新鲜的椰枣。加斯东在的黎波里漫步，拍摄工匠、蒙着白色面纱的妇女和在尘土中玩耍的惊愕的孩子。他第一次听到穆斯林呼拜者的召唤声。

　　他在土耳其大炮的炮火下参观了意大利战壕。在第一篇文章中，他惊叹于小兵小卒坚韧的勇气，并把他们拍下来了：他们成排蹲在士官后面，刺刀架在枪管上，似乎时刻要冲向前。他们并没有向前冲，但制服暗沉的布料与洁白的沙子形成了鲜明的对比。第二天，他去了一个刚从土耳其人手中夺回的区域，在那里人们发现了24具第11军在西拉夏特战役中消失的狙击兵的尸体，他们是在一个多月前被抓获后施以酷刑杀死的。

　　加斯东深感震惊，他向《晨报》的读者致歉，让他们看到如此恐怖的场面，但另一方面又必须让他们了解情况，因为我们绝不能继续对死者不闻不问。他描述了被缝住的眼睑、被割掉的鼻子，还拍摄了绝对不可能公布的照片，只有集中精神端视良久才能明白这些照片所表现的内容。其中有一位战士，下半身完全裸露，一条腿折叠成一个不可思议的角度，躺在沙丘的一侧。但镜头隐去了前景，像恶魔开玩笑似的抓住了他的脚后跟，使他头着地，双脚悬挂在空中，犹如超现实主义捕鱼场景中的战利品。一颗头颅从地上冒出来，依靠牙齿才认出那是个人的头颅。

一些东西凌乱地散落在沙滩上，无法辨认是废布还是蜕变成羊皮纸状的肌肉组织，是枯木还是骨骼残骸。加斯东想去沙漠透透气。他把相机交给一名军官，自己骑上马，头上戴着殖民风格的盔帽，独自一人走向远处的地平线。他离开了意大利的据点，从马上下来，躺在沙漠上，仰望着非洲的天空。"哦，多么美的天空啊！"他在给妻子的信中这样写道。当他从对东方的幻想中醒来时，他看到了带着枪支的阿拉伯人正朝他走来。他跳上马，疾驰而去，逃之夭夭。他告诉妻子，他是多么害怕被抓获，但又是多么喜欢这种恐慌的感觉，这种心扑扑跳、可怕却美妙的眩晕，这种劫后余生的狂喜。

他看着飞机升空，对土耳其步兵进行历史上的首次空中轰炸，手榴弹从机舱被扔到战壕里。返程中，一个飞行员驾着飞机飞越港口，画出巨型的符号，飞机向大海俯冲，在两艘军舰之间贴着浪花飞过。水手们在甲板上为他欢呼鼓掌。

12月5日，14名涉嫌参与西拉夏特屠杀的阿拉伯人被带到的黎波里，他们双手被捆绑在背后，被人用绳子牵着列队而行。加斯东拍下了他们来到法庭的场面。俘虏坐在瓷砖地板上，身上裹着带有头套的长衫。一个意大利军官用这几个阿拉伯人听不懂的语言宣读起诉书。在他上方的墙上，挂着维克多-埃玛努埃尔国王的一幅巨大肖像。叛乱分子全部被判处绞刑。在走出法庭门口时，其中一个阿拉伯人盯着加斯东的镜头，加斯东永远忘不了他那目光。半夜4点，他目睹了在搭建好绞刑架的面包市场广场上的绞刑。他在《晨报》上以无可挑剔的专业水准报道了事件的始末，但对妻子，他只写道，他不想睡觉，因为害怕做噩梦。他不明白为什么被判刑者临死前居然如此无动于衷，也不理解在绞刑架周围的围观者为什么如此麻木不仁。在那里，14具尸体被晾挂在阳光下，上面围着密密麻麻的苍蝇，发出阵阵嗡嗡声。

他拍下了他看不懂的这一切，走近被绞死的犯人身旁，拍下他们的脸部特写。他觉得他们非常美。他离他们很近，没有人敢靠那么近。他没有把目光移开，他并不害怕。他像中了魔法，呆呆站在那里，一动不动。"我现在还记得一个胡子发白的老人的脸和一个少年的脸。"傍晚，尸体被取下来堆在拖车上的时候，他还在那里。他拍的照片很像宗教绘画中的《圣殇》和《下十字架》，穆斯林的面纱让他想起了耶稣墓前的玛丽·玛德莱娜。不过他调错了焦距，快门速度太低，尽管阳光明媚，人物的轮廓却很模糊，有些还被拦腰截断了，像幽灵一般，一块半透明的裹尸布在半空中飘浮。

12月26日，报纸以《的黎波里实景》为标题，刊登了他拍的4张照片：昏暗军事法庭上的14个阿拉伯人，广场上的行刑场景，他们的尸体吊在绞刑架上，冷漠地站在绞刑架前看着尸体来回晃动的孩子们，以及堆叠在拖车上的尸体。我们无法知道是否是加斯东本人选择了这些照片，并将其排组成一个系列，排列的方式并非事件发生的先后次序，而是瞬间的同时性。看这些照片时有种感觉，无论这一排列是否出自加斯东之手，他在军事法庭上给这14个被告拍照时，他们就已经死了，因为一个悲惨的结局在绞刑架上等着他们，绞刑架上巨大的阴霾已盖住了他们过去的生活。除了死亡外，加斯东已无法再拍摄其他任何东西。

他在的黎波里漫步，绝望地找寻他想象中的东方。他觉得似乎在一个鞋店里找到了，鞋匠对着他微笑。他走近一个在门廊下睡着的孩子，微笑着盯着他看了一会儿，给他拍了照片，然后上前想叫醒他，给他一块钱。他轻轻地抚摸着他冰冷的肩膀，"可怜的孩子已经死了！"他给妻子这样写道，"是因为饥饿，伤寒，霍乱？我们永远无从知晓。"他站在街上。他不明白这个世界是怎么了。他对意大利人感到愤慨，他们为同胞的死感到愤慨，却任由阿拉伯人的尸体在街上腐烂。"想到这，我还在流泪。"他写道。

《时报》的一个记者在街上遭到了一个阿拉伯人的袭击，身上被刺了两刀。他写了一篇短文报道这一事件。他对妻子形容说，他的同事是一个吹牛大王和懦夫，活该遇上这种事。他自己则确信不会被人刺杀，因为他知道如何与阿拉伯人相处。他不鄙视他们，不粗暴对待他们。他觉得这些微妙的关系很重要。他接受了的黎波里一名显贵的晚宴邀请，他并不害怕，或者说，他开始喜欢这种恐惧、眩晕、坠落和最后一刻峰回路转的感觉。一个仆人在酒店前等着他，向他鞠躬。跟着仆人，心目中的东方再次呈现：洒在清真寺的塔尖上的月色、摩尔人的豪宅、地毯、珍贵的器皿、乳香，或许还有装满黄金或珠宝的箱子，因为伊斯兰教不允许钱生钱，奴隶要对主人忠心耿耿。主人一边抽着水烟斗，一边说："被意大利人绞死的人中，有无辜的人。"

他安然无恙地回到酒店，晚上没有做噩梦，而是沉浸在非常愉悦的充满异国情调的梦境中。他醒过来，面对着这个他不理解的世界，怅然若失。"我们怎能死在这般风景里呢？"他给妻子这样写道。对自己所经历的一切，他无法形成一个和谐连贯的形象：他无法将清澈明净的天空和腐烂发臭的肉体，将静谧安详的沙漠和残酷无情的屠杀，将感官的愉悦和野蛮的行径联系起来，他做不到，永远都做不到。

在几米外的战壕里，一个意大利士兵胸部中了一枪，摇摇晃晃，呻吟着倒下。他用方言低声嘟哝了几句，试图站立起来，随后又倒了下去。他的战友开始给他挖坟墓。可怜的保罗！他们交流了些充满智慧却又漫不经心的话语，无非是感慨众所周知的人生苦短和听天由命的无奈。加斯东欣赏他们的坚韧。在这些勇敢的小士兵中，可能有萨穆埃莱下士，他回到撒丁岛奥利亚斯特拉家乡后，便将那个曾拒绝给他父亲喝水的男人及其全家人都杀死，连妇女和正在母亲怀中吃奶的婴孩也不放过。但萨穆埃莱和他家人在死亡面前的无动于衷，他永远不会称之为冷漠或狂热。这一切，包括意大利人、阿拉伯人还有他自己，都离加斯东很远了。

但他在慢慢靠近他想呈现的东西，他尽量贴近它，甚至太近了，他因此感到恶心。日复一日，他在军事法庭上看着新来的犯人不断被送上绞刑架，看着在国王的画像下进行的一系列背着良心的"审判"。他拍了一张一个戴着土耳其帽的老人的照片，还拍了一张一个年纪更轻一点的人的照片，身上穿着一套奇怪的条纹衣服。他们两人都还活着，站在法院门口，在两个宪兵之间。但加斯东按下快门那一瞬间，就知道这不是真的，他们不再是活着的人，他们已经死了，他确定无疑地看到他们将在两个小时后在面包市场广场上被处以绞刑，双手绑在背后，老人头上依然戴着那顶红色的土耳其帽，一切都被锲而不舍紧随其后的镜头记录了下来。

在巴黎，人们迫不及待地想看的，是他的照片而不是他的文章。这无疑就是他强迫自己目睹这些日常杀戮的场面的原因。这些场面逐渐使他的心灵变得麻木，陷入一种疲惫怠倦。他担心自己深陷其中无法自拔。人们将看到他的照片，这些照片将会让大家知道在这里曾经发生了什么事情。人们不会忘记死在的黎波里的人，没有人能够漠视他们曾经活过。加斯东徒劳地对抗着沉默和遗忘，他写信给妻子说，"无论是面向意大利人，或面向任何人，我都不想让自己显得不公正。"但他仍然渴望战斗，更想感受来自恐惧的战栗，而不是来自厌恶的哆嗦。然而战争结束了。意大利人在经历了一场既不威风也不光荣的半茬胜利后，便躲在他们的防御工事里。

加斯东请求前往班加西，但被拒绝了，他气得七窍生烟，他在的黎波里感到憋得慌。新年前夜，他在意大利总参谋部的官邸里徘徊，手里拿着一杯香槟，穿行于身着盛装的军官和穿着燕尾服、戴着高帽的平民中，他怀恋白色巴拉坎阿拉伯呢斗篷、土耳其帽和面纱。"巴巴里海盗时代①的的黎波里死了，"他给妻子写道，"一年之后，将只剩下穿着礼服的侍者或出殡司仪。这个美丽国家的颜色已经褪尽。"似乎是为了证明他说得有理，1912年元旦清晨，灰蒙蒙的城市上空下起了雨，他不由得心生惆怅，本来有那么多的东西他想去发现，现在可能再也见不到了。因为他来得太晚了，或者他渴望见到的那些事物，从来就没有存在过。

他在的黎波里没什么事情要做了，等着坐船经突尼斯和阿尔及尔回法国。他拍了些港口的照片。海滩上有大型的涉水鸟。他给妻子写信说自己变了，变得更悲伤但也更坚强了。"是生命之战使我变得坚强，我也将使你变得坚强。"他为自己完全拒绝为意大利宣传而感到自豪。"尽管他们一再恳求，希望我给他们写专栏文章，但我还是一口拒绝了。因为我认为违心说一些假话是不诚实的，因为如果我决定要说出自己的真实想法，我就该决意离开这个地方。在这里，轻微的不一致就被称为'背叛'。人们不惜代价指望一切都是好的，其实一切都很糟糕；本来一切都很可怕，却说一切都很可

---

① 指从16世纪到19世纪的的黎波里。那时巴巴里海盗（也被称为奥斯曼海盗）活跃于北非。

爱。"但无论他的反抗和妥协有多强烈，他文章的内容多么扎实，行文风格和修辞才华多么出色，这一切都被照片的粗暴力量一扫而光。

他和妻子在马赛相聚。战争已经在他身后消失了。随着岁月的推移，他所记得的，不再是被绞死的人的面孔，更多的是那奇异的战火的酣畅。他梦见自己在沙漠中驰骋，阿拉伯人的子弹在耳边呼啸而过，就像蛇在他耳边发出嗞嗞声，而他想当耍蛇人。每次在舒适乏味的房间里醒来时，他都怅然若失。世界变得太狭窄了。他不断地想念的黎波里，想念别人不让他参观的昔兰尼加。他忘记了当时的疑虑、倦怠和厌恶。他再次被盲目的欲望所诱惑。他想重新出发。一战将给他新的机会。1915年，他被任命为巴尔干前线的陆军摄影员。

几十年后，有人会发现加斯东的照片被胡乱堆放在一个纸箱里，会看到一个陌生人，戴着一顶巨大的殖民头盔，在漫无边际的荒野中，纹丝不动地骑在马背上；会看到肮脏的孩子们在沙滩上玩鹅卵石；他还会看到14个被绞死的囚犯，镜头近得可以真切地看清他们的面孔，但这些人死在哪里、什么时候死、为什么死，那个人将一无所知。

"那你们就用这番话相互安慰吧！"

第五章
续抒咏：震怒之日

（一个突击队成员，阿雅克肖警察局，1984年）

1987年冬天，安东尼娅第一次在警方到达之前来到案发现场。她和一位同事在报社工作到很晚，下班后两人决定去老城区喝杯酒。他们刚进酒吧坐下，便听到一阵枪响，随即是一辆摩托车的启动声。他们在冷清的小巷里朝着声音的方向跑去，看到一辆四驱越野车，车窗玻璃已被打碎，车门半开着。驾驶座边，伸出来一条腿。安东尼娅隐约看到那条腿在微微颤抖。那家伙已经倒在乘客座位上了。他刚上车，凶手就开枪了，或许是出于一种求生的本能，他在最后一秒钟打开了车门。

他胸口上全是血，脸因子弹变得面目全非。车座深色的皮革上闪耀着白色痕迹。安东尼娅从汽车和街道的各个角度拍摄了尸体照片。这是她第一次近距离地看一具尸体。外婆去世那年，她已经10岁，但父母不让她进入老人安息的房间。外婆躺在那张床上，表情永远定格在她一生永恒不变的痛苦中。2003年8月，轮到安东尼娅被安放在那张床上。几分钟后，警察迅速赶到，大声训斥这两名记者，指责他们毁了犯罪现场，并威胁说要拘留他们，以教训他们乱来。安东尼娅的同事向警察保证，他们什么都没碰，然后便悄悄离开了现场。

"我们不再待一会儿吗？"安东尼娅问道，"不想弄清是谁干的？"

"我知道是谁干的。"她的同事回答说，并说出一个她不知道的名字，但这肯定是某个大土匪。

他们回到了报社。一小时后，安东尼娅的同事写了一篇长达4000字的文章，除了标题——《一名男子在阿雅克肖中弹身亡》——文章没有提供其他任何实质性的信息。地区报纸的长期职业经验使他培养出一些才能，培养记者的说话艺术旨在用下笔成章的天赋讲一堆废话。他可以巧妙地使用陈词滥调、老生常谈，或是灵活运用一些固定熟语和发人深省的评论，不费吹灰之力就针对各种题材写出完全空而无物的文章。

文章是这样开头的："凶手显然再一次不给受害者留下任何机会。凶手的作案手法一如往常，毫不雅观，只讲求效率，根本不顾及基本的礼貌规则，绝不会事先警告他们的猎物死期将至。每一次作案都令人遗憾地缺乏风度，似乎恩怨报复应该以中世纪绅士之间决斗的形式展开。受害者通常是在警局有案底的人，警方严密调查，不会忽视任何线索。"文章在对暴力的抒情感叹和对恢复公共和平的公民正当的愿望的呼吁汇总后结束。

安东尼娅去冲洗照片。拍摄过程中，她没有感觉到任何异样。她知道必须赶在警察到来之前拍下照片。她的同事似乎也在满怀善意看着她，好像她正在他跟前经历一个奇怪的启蒙测试，他会很开心看到她成功。此刻，在照片冲印室的红色灯光下，她才看到了自己拍下的景象。她仔细看着被子弹打得面目全非的脸，左眼只剩下一个黑洞，座位上残留着令人恶心的白色液体，她突然恶心得想吐。好在恶心感很快就消失了。她撤掉了那些不堪入目的照片，免得读者在吃早餐时会倒胃口，选择了一张只看到四驱越野车、被打碎的玻璃窗和那条伸出车门外的碍眼的腿的照片。她才被任命到阿雅克肖报社几个月，更喜欢拍摄那些恩怨报复，而不愿拍摄雇主节庆、婚礼和官方典礼，而后者才是报社分派给她的任务。她需要压抑心中的不快之感。

从1984年开始，她就在一家小报社当摄影记者，那时她仍然是"帕斯卡尔的女人"。或许这就是老板雇用她的原因，尽管她当时很年轻，根本没有经验，事实上给当地报纸专栏提供照片并不需要具备什么经验。从她在报社上班第一天起，她就悟明并信守一个原则：拍照时一概使用广角，尽管这样可能会损害审美效果。安东尼娅刚从尼斯回来，她在尼斯大学度过了很无聊的一年。在那儿，她在别人眼里是一个政治犯的妻子。从岛上来的学生对她尊重有加，同时，他们也监视着她的一举一动，她觉得自己就像一个孤独的公主，身边围着诸多年长妇女，让她感到百无聊赖。

她不能指望玛德莱娜。玛德莱娜喜欢在一群鉴赏家面前扮演妻子的角色，悲伤而勇敢，是这个不公正国家的受害者；她也不能指望莱蒂西娅，莱蒂西娅显然有点遗憾泽维尔没被抓去坐牢，使自己的地位变得微不足道，并被剥夺了在这场悲剧中应得的荣耀。安东尼娅向她的教父抱怨说，她们都变得好愚蠢，还说，尼斯是一个可怕的城市，科西嘉人多如牛毛，毫无异国他乡的优势可言。在这种条件下，她补充说，与其留在这里听老态龙钟的教授照本宣科地讲第五共和国的宪法、公司法和刑事诉讼程序，还不如打道回府。他知道本应跟她讲道理，建议她努力一把，或至少建议她到两年前在科尔特刚开办的大学去注册，尝试一个比法律更适合她的专业。但他无法做到，他同情安东尼娅，对她的痛苦感同身受，这使自己无法理智地思考问题，于是他去找他的记者朋友，举荐教女为摄影师。

他给安东尼娅经常光顾的尼斯酒吧打了个电话，以往如果她不在，他总是可以给她留言。但酒吧的老板立刻让安东尼娅接了电话。听到他宣布这个消息时，她高兴得大声叫了起来。"哦，太高兴啦！妈妈同意了？"

"是的，是的。"他含糊其词地说。挂断电话后，他试图说服自己，他并没有说谎，因为匆忙之中，他根本没有想到咨询他姐姐。当然，她肯定会祝贺他采取了这一出色的举措，并表示热烈赞同。在这种情况下，他只会因为先斩后奏而感到内疚，这顶多是一种可宽恕的轻罪。

果然不出所料。姐姐根本不赞成，甚至差点因情不自禁伸手打教会人士而被罚入地狱。他恳求她冷静，等安东尼娅从尼斯回来一定要笑脸相迎，这不是她的错，都是他一个人的主意。他尽可能地装出懊悔的样子。"你这个蠢货！"她的姐姐骂他说，"这臭丫头一直牵着你的鼻子走，你居然没有意识到！"他低下头，而她则在他鼻子下愤怒地挥动着她那颤抖的食指，她扬起手想打他一巴掌，就像小的时候他做蠢事时那样，他准备在她打了右脸颊之后，乖乖地把左脸也伸过去让她打。这时，他的姐夫机智地替他解了围："本地区近年去上大学的年轻人大多没有拿到文凭，他们每年都去注册大学一年级，却从不去教室上课，甚至也不参加考试，乱花他们可怜的父母寄来的钱；既然安东尼娅可以从事她热爱的工作，不至于四处游荡，误入歧途，还有什么理由唉声叹气呢？"

于是安东尼娅揣上专业相机和16–35毫米变焦镜头，

开始了第一次现场摄影报道，给村里三人组的法式滚球比赛拍照。当然，除了拍照外，她还要采访组织者和参与者。她严肃认真地执行任务，就像被派去报道雅尔塔会议一样敬业。她用仰拍手法，将获胜队球手抛球的动作定格下来，钢球从手中飞出的一刹那，在夏日的天空中形成一道闪闪发光的长长的曲线。她还拍摄了颁奖仪式，在闭幕酒会上，与喝了很多茴香酒而醉醺醺的地方选民代表聊了很长时间。报社主编看了她的照片，遗憾地长叹一声："这根本不行！"

安东尼娅显然不明白报社所期待她做的东西。他以一种和颜悦色的领导态度向她解释，甚至和蔼地称呼她为"我的宝贝"。乡村的滚球赛除了参赛者外，其实是一个谁也不会感兴趣的活动。他们之所以感兴趣是因为终于有一个机会可以在报纸上亮相，甚至可以把文章剪下来并传给后代，以纪念这个特殊的日子。安东尼娅的笨拙和她的审美抱负剥夺了他们原本的期待。不出所料，第二天他们就纷纷打电话告诉报社他们很失望。确实如此，在这种情形下，应该拍张集体照，让尽可能多的人入镜，镇长和镇政府成员都应该悉数入镜。"否则广角镜头有什么用呢？"安东尼娅没有意识到这是一个反问句，开始罗列起广角镜头的种种用途来，但主编没有让她说完。

"我不跟你争论，宝贝，我告诉你该做什么。如果你想搞创作，那就利用你的业余时间吧！"

于是，她随身带着广角镜，为诸如雇主赞助的节庆、露营地揭幕典礼、选美比赛以及各种纪念活动拍了一系列丑得可怕的集体照，一丝不苟地遵守领导的指示，在拍摄单人或新婚夫妇的特写时也不改变焦距。在题为《喜结连理》或《两情相悦》的文章中，照片中新婚夫妇的鼻子被16毫米镜头扭曲得出奇地大，而耳朵却很危险地向两旁平伸出去，好像有人出于一些奇怪的反常原因，试图用虎钳把他们的头压扁。

她和一位她特别欣赏的同事谈了她的职业挫折感。这位同事与报社的其他摄影师不同，觉得没有必要非得穿着上面有无数毫无用处口袋的无袖背心，也没有必要漫不经心地在脖子上系上沙色的围巾，好让自己看起来有点冒险家的样子。他在这家报社已经工作了30年，早就不再指望自己的工作能带来什么慰藉。但每个周末，他都会到岛上去寻找废弃的羊舍。他沿着荒无人迹、无人记起的乡间小路，拍摄了数百个羊棚废墟，以及各种各样的墙壁：覆盖着荆棘的花岗岩墙、页岩墙、白垩墙，还有倒塌的屋顶。他想写一本书，正在找出版社。

安东尼娅不明白他为什么要这样自找苦吃：在山里长途跋涉，就为了拍摄这些被遗弃在黑暗和荒凉中的石

头堆。但看到他展示的照片时，她不由得被他一丝不苟
地挖掘拍摄的系列废墟所产生的美感所打动。这些废墟
既不讲述过去，也不讲述自然，而只讲人类不可避免的
失败。她听取了报社主编的建议，利用业余时间去拍自
己的照片，为同样的失败留影存照。

她拍了些朋友们的肖像：他们喝着开胃酒，蜷缩在
酒吧壁炉的角落里，眼睛盯着将要燃尽的火焰。周六晚
上，在一个散发着陈旧、冰冷烟草味的冷清夜总会里，
他们靠在酒吧的柜台上，旁边放着威士忌酒瓶和基尔酒
瓶，瓶上用黑笔和大写字母写着各个村庄的名字。她捕
捉并拍下他们的慵散神情，那在冗长的冬日薄雾中流逝
的沉闷生命。她等着他们完全沉浸在自己的世界中、完
全忘记她和相机存在，那一刻她变得无影无踪。她在村
子的街道上寻猎，寻觅迷失的人类：一位老妇人挂着一
根用伞形阿魏做成的拐杖，身边趴着两条狗；靠近流动
面包商的小卡车边，一个孩子手里拿着一个垃圾袋，走
向焚烧着垃圾的水泥容器，一缕长长的黑烟在灰蒙蒙的
天空中冉冉升起。

严格来说，她定格在胶片中的任何场景都算不上是
重大事件，报社主编是绝对不会让这些照片出现在报纸
上的。但恰恰是这些照片，而非那些滚球赛手或省政府
负责人的照片，揭示了真实的生活。这个想法令安东尼

娅感到非常高兴，她喜欢毫不谦虚地把自己想象成灶神维斯塔的女祭司，悉心守护着脆弱的真理火焰。但看到自己拍的私人照片时，她却怀疑不已，所谓的真相并不清晰。

在她的镜头下，所有的朋友似乎都是深受折磨的悲剧人物。西蒙这样的男孩多多少少是属于这种情况，但对莱蒂西娅来说却完全不是这样。自从在尼斯弃学后，她就整天游手好闲；而泽维尔的内心生活，就如安东尼娅所能判断的那样，就像冻结在浮冰中的阿米巴变形虫一样躁动。因为问题恰恰是因为悲剧的完全缺席，而这却是安东尼娅的照片所没法说明的，因为它们承载着太沉重的意义，这也是它的缺点所在。她的照片缺乏纯真，它们并不满足于接纳当下的天真痕迹，而是在安东尼娅不理解的情况下进入一个一本正经和夸夸其谈的话语体系中，一切解释都显得多余和虚假。

与此同时，在土耳其，哀恸的妇女在搜寻地震的受害者，一辆汽车在贝鲁特爆炸，一个男人托着孩子的身体举向天空：那是上帝难以平息的怒火。摄影师就在现场，他们把这些谁也不想看到的场景呈现出来。他们并非愚蠢地在无聊和谎言之间徘徊，而是怀材抱器，勇敢而执着。安东尼娅觉得尼斯是继阿雅克肖之后已知世界的北部边境，她梦想加入他们的队伍，与他们一起对抗无知的舒适。偶尔,蓝色的夜晚①或恩怨情仇会赋予她一个真正的新闻工作的机会,但这些事件是罕见的。她拍的照片无外乎是被摧毁的别墅,或是宪兵俯身看着一个无法接近的尸体。

她的新工作不管多么令人不满,至少能让她很早就开始独立生活。她离开了童年的房间和村庄,在城里租了一套公寓,并买了一辆二手车。她声称是贷款买的,其实是她的教父偷偷帮她付了钱。她精心布置了自己的房间,焚了几支香和亚美尼亚纸,想象自己和出狱后的帕斯卡尔一起躺在干净的新床单上。当安东尼娅得知他将于1985年5月和让-约瑟夫一起释放出狱时,她忍不住在报社的办公室里哭了起来。在主编和同事都来拥抱她时,她的眼泪更是流个不停。她等帕斯卡尔等了差不多两年。他最晚第二天就会坐飞机到达阿雅克肖,但她觉得自己哪怕一分钟都不能再等了。

幸好最漫长的时光已经过去。她开着车和西蒙、莱蒂西娅、泽维尔以及急忙从尼斯赶回的玛德莱娜一起前往坎博德罗洛。机场到达大厅里,无比兴奋的士兵挥舞着摩尔人头旗帜引吭高歌。舱门打开时,他们齐声欢呼了起来。安东尼娅看见乘客的身影在停机坪上向前移

———————

① 蓝夜(Nuit bleue):指袭击多发的夜晚,因夜空在炸药爆炸之光照射下呈蓝色,故名"蓝夜"。

动，她试图认出帕斯卡尔来，但什么也没看见。她被人群挤来挤去。突然她看到他了，就在离她几米的地方，被陌生人拉着。他朝她挥了挥手，并眨了眨眼睛。她激动得心怦怦乱跳，愣愣地站着，直到他来到她跟前，抚摸她的脸颊和亲吻她的眼皮。晚上，为了体面地庆祝帕斯卡尔的归来，他们在一家山区餐厅聚餐，给他准备了好久没能吃上的特色菜。

他欣喜若狂，喝了很多酒。开胃酒结束之前，他在安东尼娅的耳边说，"跟我来吧，我等不及了。"他们离开了餐厅，同伴们心照不宣地看着他们俩，这让安东尼娅感到很不自在。他们开车穿越一片松树林，地面上高高的蕨类植物在春风中摇曳，天上挂着一轮圆月。安东尼娅想起了她那收拾得整整齐齐的香喷喷的公寓，婚床上铺着的白色床单。但她什么也没说，她不想因为一切没有如愿而破坏帕斯卡尔第一天重获自由的心情。来吧！他把她拉到车后座上，狂热地吻着她，这令她很不舒服，根本没有给她时间去回应他的拥抱或抚摸他。他兴奋地把一只手伸进她裙子下，手指粗暴地插进她下体里。安东尼娅想让他冷静下来，"别这么笨手笨脚的。"她没有告诉他弄疼了她，而是尽可能温和地小声说，"等一下，求你了，等一下。"但他抽搐着摇着头，舔着她的耳朵，弄得耳朵上满是唾液，"我忍不住了，你都不知道，我真的忍不住了。"他的声音颤抖着。安东尼娅不知道是他颤抖的声音还是他说出的话更粗俗。她试图温柔地把他推开，重复说，"等一下，先吻我一下。"但他根本不听，撩开她的内裤橡皮筋，一下就插进她体内。安东尼娅不再抗争，感到被自己送上的温顺身体所背叛。她听到自己在呻吟，而这男人的声音出奇粗俗，充满了一种与她无关的欲望，粉碎了她的乳香、温存和白色床单的梦想。

过了一会儿，帕斯卡尔达到高潮，发出一声她不想听到的喘息。当他沉重地扑倒在自己身上时，她闭上了眼睛。不一会儿，她下了车。他蜷伏在车里，过了一会儿才来到她身边。他想找烟抽，微笑着。她还没意识到自己的悲伤，就哭了起来。他吓坏了，问她怎么了。他想把她抱在怀里，但她猛地挣脱开来，把脸埋在手里抽泣着，泪水在她的手指间流淌。

森林一片沉寂，蕨类植物映照出月色的光芒，远处的地平线上呈现出巴韦拉山峰的锯齿状轮廓，似乎一切都让她感到悲伤，一切都固定在时间的永恒和轻蔑的冷漠中。她想闭着眼睛，忘却这一刻，忘记这个她不了解的男人。他终于察觉到了不对劲，走近她，向她道歉。这一次，她没有勇气推开他。他想她想得太久了，想得太苦了。他非常渴望她，"我非常想要你。"他坚定地说。"爱情"这类陈词滥调让她感到恶心，但他无法找到合适的字眼来跟她说话。

不过这样也好，因为她知道，如果他试图做出一点创造性的努力，情况会更糟。因此她更愿意他一直沉默，让她自己一个人哭。但他没有离开，挨她很近，告诉她他爱她，觉得似乎是时候说出这番她等了许久的话。她看着他，此刻他显得非常困惑和无能为力，看起来像个小男孩。她只好把他抱在怀里，告诉他她也爱他，一直爱着他。"我再也不想在车上干那事儿了。再也不干了。""好的。"他回答说。他们回到了餐厅。聚餐快结束的时候，他告别了父母，然后去安东尼娅家睡觉。

他现在每周都在她家过几次夜，她觉得这样才叫成年人，不是因为有了公寓和工资，而是因为能和帕斯卡尔在床上而不再在车后座上做爱。这不仅更舒适而且让她觉得更受重视，因为他每次都先打电话问是否可以来她家过夜，即使她的回答总是肯定的（事实上她一直在等他），她还是很赞赏他终于这样殷勤体贴地把她当作一个拥有自由意志的个人去对待，虽然他并没有义务这样做。安东尼娅对此很满意，因为她的生活很单调，没有其他东西能让她感到满意。

她每个周末都会去年少时常光顾的夜总会。从1985

年初夏开始，这个夜总会就总是播放那种难听得要命的音乐，她和莱蒂西娅和玛德莱娜坐在同一个单间里，玛德莱娜说她也弃学了，一边担忧地看着在柜台喝酒的让-约瑟夫，一边对着安东尼娅的耳朵大声说话。玛德莱娜说她在尼斯曾经跟一个读硕士的同学好过。好在那家伙不是科西嘉人，他们没有共同的朋友。他们是在图书馆认识的，尽管她很少去图书馆，可能那是她唯一一次踏入图书馆。他们相识一小时后就上床了，当时让-约瑟夫还在狱中。第二天她一整天都在哭，她感到十分内疚，但她还是和那个人又见了几次面，她也不明白为什么。

随着时间的推移，内疚感没那么强烈了，然后变得几乎难以察觉，只剩下想再次见到他并再次和他做爱的欲望，那是一种可怕的、更加专横的欲望，没有任何情感上的纠缠。她去他住所找他，没等他说话就开始缠绵。醒来时，她被自己强烈的肉体冲动和未知的堕落想象力吓坏了，感到很内疚，简直无法忍受，于是匆匆逃离。就这样持续了好几个月，直到一周前，她去大学城取衣物时，还是忍不住去见了他，并发誓这绝对是最后一次，但其实连她自己都不相信。所以唯一的逃脱办法，是此后不再去尼斯了。"我的所作所为就像个妓女。"玛德莱娜吼着嗓子说道，好让安东尼娅听得见。"你说什么？"安东尼娅喊道。"我是个妓女。"玛德莱娜重复道。安东尼娅向她保证，她不是一个妓女。

她没有评判她，但不知道说些什么好，只能向她投去同情而复杂的笑，因为她不明白肉体怎么会变成这样百般折磨的场所，也对这提不起兴趣。她只关心自己的职业前途。一想到二三十年后，她仍然在同一家报社里工作，麻木不仁地习惯于拍摄这些可怜的照片，甚至可能会为此感到无比自豪，她心里就不禁打颤。7月份，民族解放阵线决定在当地举行新闻发布会，意想不到地为安东尼娅提供了一个名副其实的新闻报道的机会。

一天晚上，她和报社的一位同事以及地方电视台的人员一起，来到一条省级公路边上。一辆面包车戛然停在他们附近。车门打开，一个穿着战服、戴面罩的男人邀请他们上车。安东尼娅坐在她的同事旁边，装出一副泰然自若的神情，想隐瞒自己将进行非凡冒险而激动的心情。但她的照相机脚架从手中掉落，在地上滚了一圈。一位武装分子捡起来然后凑近递还给她。他盯着她看，她好像感到他在面罩下对她微笑，便羞涩地低声说谢谢。"不客气。"他礼貌地回答道。她立即认出这是西蒙的声音，并怀疑他是故意说话好让她认出他来。车停了下来。西蒙向记者示意，让大家跟着他走上一条小径前往一片林中空地。一面科西嘉旗悬挂在一棵树的树枝上，一个蒙面大汉手里拿着一张纸，坐在一张桌子

旁，周围站着十几名武装人员。他开始宣读一份声明，
这时安东尼娅认出了帕斯卡尔的声音，尽管他尽了全力
让人听不出来。

拍照的时候，她意识到自己肯定认识隐藏在面罩下
的每一张脸。她原先因为能参与这次神秘的活动而沾沾
自喜，但此时却感到无比沮丧。完成一项值得投入精力
的任务所带来的喜悦都消失了。她并没有参与创造地中
海岛屿上令人振奋的历史，那只不过是一个稚气十足的
游戏：童年时代的老朋友伪装成战士和记者，而且所有
人根本没有认真对待各自的角色。在她的镜头下，这些
蹩脚的演员正在背诵一部糟糕的戏剧中令人难以置信、
文辞浮夸的脚本，暴力和多年的监禁居然也未能让这部戏
变得更为真实。而在这场戏中，安东尼娅也在表演，和其
他人一样，甚至表演得比别人更蹩脚。每次按下快门，她
都在记录这一与现实完全脱节的演出，她只期望将它尽快
转变成图像。所有这些对她来说似乎都不太光彩。

此外，仔细想想，绝大多数摄影师都不是从事一种
很光鲜体面的职业，他们赋予一些肤浅琐事以重要性，
更糟糕的是，他们还会创造无聊琐事。如果他们在艺术
上很自负，那就更糟糕了。其实，任何一张全家福，即
使照得很模糊或构图不好，都比大多数新闻照片有价值
得多，更不用说广告和时尚照片了。后一类照片更是恬

不知耻地突破了极限，以至于最负盛名的杂志最终只不过是令人厌恶的抹布，这比安东尼娅毫无疑问将被迫终身就职的地区日报还更令人厌恶。

关于民族解放阵线突击队的案子很快就要在里昂开庭。突击队曾于1984年6月闯入阿雅克肖监狱，打死了绑架和暗杀盖伊的让-马克和萨尔瓦多，盖伊是该组织的作战队员和财务主管。安东尼娅越来越难以将这个阵线形容为秘密组织了。

街上流传着很多关于萨尔瓦多的可怕谣言。有人说他是一个施刑者和刺客，也有人说他喜欢将受害者的殉道尸体宰割喂猪。安东尼娅查阅了帕斯卡尔可能是通过律师获取的档案，里面有一些尸体横躺在牢房床上的照片：让-马克身上穿着条纹睡衣，手脚像鹰爪般蜷曲着。尸检也有极为细致的记录：头骨被锯开，胸腔被打开，内脏暴露无遗，长长的板条插入子弹伤口中，手术刀片寒光凛凛。法医庄严地向镜头展示着白花花的大脑，似乎是向世人揭示那可怜的生命物质。安东尼娅聚精会神地看着这些照片，没有感到特别的厌恶，因为她想象不到这些像是在屠宰场里切割出来的肉块，曾经被组合成一个人体。

最令她着迷的是那张活人的照片，突击队员在被捕后成排站在白墙前。皮埃尔、潘塔莱昂、伯纳德伪装成宪兵警察进入监狱，让-多米尼克和乔治则是在外面被抓进来的。那一刻，他们可能都准备好了在监狱中度过终生，或者是他们所剩下的青春岁月。他们的目光凝视前方，一副高傲而听天由命的神情，或许也夹杂着一丝蔑视或傲慢。他们的目光如此强烈和尖锐，以至于安东尼娅在注视他们的时候，不由自主地眼眶泛泪。那是战败者注视胜利者的目光，什么也不指望，什么也不后悔，他们失败了却令人钦佩，甚至比计划成功了更加令人敬佩，因为那样的话就没有人会看到他们的脸庞。没有欺骗，没有演戏，只有真相的力量。

一位对摄影一无所知的警察当时恰好在场，于是拍摄了这张令人难忘的照片。安东尼娅要求报社派她去里昂现场报道审判。报社对她说这是不可能的，主要有两个不可逾越的障碍：一方面，在法庭开庭期间不准拍照，此前安东尼娅并不知道；但另一方面，即便允许拍照，报社也不会让她来报道这么重要的事件。她只得请了假，跟着帕斯卡尔、西蒙和地区的其他活动分子一起前往里昂。旅途中，她痛苦地想到，没有人会选择派帕斯卡尔去阿雅克肖监狱；同样，报社派给她的任务，也无非是些很差劲的任务：他们俩真是天造地设的一对。

在里昂法院的大厅里，帕斯卡尔在她身旁坐下，把一只手放在她的肩膀上，眼睛盯着被告席。她感受到了他的热忱和他真诚的信仰，责怪自己对他太不友好。被告进场了。在整个审判过程中，安东尼娅都在想，如果没有这项愚蠢的禁令，她本可以拍摄很多照片。皮埃尔宣读了一份共同声明，检察官要求判被告永久监禁。貂皮饰边，猩红色长袍，黑色长袍①，令人眼花缭乱。安托万律师在陪审团面前朗诵呼唤复仇的古诗，充满深仇大恨，杀死凶手还不够解恨，还要让成群结队的乌鸦吞噬他们的肉体，把他们恶贯满盈的光秃秃的骨头丢弃在荒野中，不做任何埋葬，让他们在末日审判时也不能复活。

当庭长宣布判监3年至8年时，玛丽–何塞律师泪流满面，被告席上的突击队员们简直不敢相信自己的耳朵，忍着不让喜悦爆发出来。安东尼娅寻思在这些面孔中，哪一个是把让–马克和萨尔瓦多被人从睡梦中拉醒的那一天所看到的最后一张面孔，在那个愤怒的日子，那个像他们一样将成为杀手的脸；是哪个声音向他们宣布"我们奉盖伊之命而来"，让他明白他们不会被宽恕，因为上帝的怜悯不能玷污正义，被诅咒的人注定要承受地狱火焰的惨痛历练。也许在1984年6月的这个早晨，他们看到的不是一个男人的面孔，而是那个可怕威严之王的面孔。他惩罚他们，而对他人则施以救赎与恩典。他手

① 猩红色长袍、黑色长袍指法官、律师们的制服，此处指出席的司法人员。

里拿着一个砍断的头颅，头发是盘绕扭动的蛇，蛇的目光与他们的瞎眼相视，在监狱的走廊里响起枪声之前，恐怖已将他们的心碾成灰烬。这枪响就像1987年冬天回荡在安东尼娅耳边的阿雅克肖老城区小巷里的枪声。在未来几年内，这种枪响会越来越多。

囚犯被带走了。安东尼娅和她的朋友们去法院附近的一家酒吧喝酒。帕斯卡尔欣喜若狂，没有想到会判这么轻的刑。民族解放阵线突击队原以为会判突击队10年以上的有期徒刑，并计划组织突击队越狱，眼下就没有必要了。想到本来能拍下的照片，安东尼娅仍然感到十分遗憾。她一言不发，突然侧身对坐在她旁边长凳上的西蒙说：

"说真的，你就不能闭上嘴吗？"

"你说什么？"他一头雾水地问道。

安东尼娅说："在新闻发布会那天，你就不能闭上嘴吗？难道你不知道，有些东西我根本不感兴趣也不想知道吗？"

她故意装出很凶的样子，说得很小声，好让其他人听不清楚她在说什么，但她的声音愤怒地颤抖着。西蒙后来再也听不到这个声音了。

西蒙在罗萨尔圣母神像的脚下，僵直地坐在椅子上。教堂热得像火炉，汗水从他的脸上流下，烧灼着他的眼睛，浸湿了他的衣服，偶尔吹来一阵过堂风，让他不寒而栗。无休止的《震怒之日》，他听了17组三行诗，两个旋律线的重复交替。这首歌以三节二行诗结束，打破了整体的单调。一个歌手独自咏唱，音调很高："当那痛哭之日，罪人从灰烬中，复活受审判。"西蒙不相信安东尼娅是罪人，也不相信她会从灰烬中复活。

她生他的气是对的。他当时的所作所为真的很幼稚可笑。在面包车里，他为自己戴在脸上的面罩和挎在腰间的枪感到自豪，自豪得像个傻瓜。他实在忍不住想向她揭开自己的面纱，好让她看到，她绝对想不到他有点像帕斯卡尔，那是他钦佩至极的人。帕斯卡尔拥有一切西蒙永远都得不到的东西：众人的尊重，监狱的荣耀和安东尼娅的爱。他只想告诉她："你看，我也在这里。"因为这是他唯一有权告诉她的事情。

但他还是激怒了她，"说真的，你难道就不能闭嘴吗？"面对她的愤怒，他很难过，心慌意乱，坐在里昂这家酒吧的长凳上如坐针毡，担心安东尼娅会意识到他的痛苦，知道这种痛苦并非简单的自尊心受伤。他垂下头，低声道歉。

此刻，他看着棺材，重复着这些道歉，"对不起，安东尼娅，我真的很抱歉。"

第六章
《约翰福音》:
XI, 21–27

（圣罗克舞会，阿尔塔洛卡，1973年）

全能的上帝，净化我的心和嘴唇，你曾用燃烧的火炭净化先知以赛亚的嘴唇。

这就是神甫准备朗读的福音书中的句子。在罗马盛大的仪式中，葬礼弥撒用的是《约翰福音》中的一段摘录。伯大尼的拉撒路已经死了4天。他的姐姐马大对刚刚抵达村庄的耶稣说："主啊，如果你早点来，我弟弟就不会死了。"耶稣告诉她，拉撒路将会复活。马大认为他讲的是末日审判那一天遥遥无期的复活。像那些总是误解老师的话语的门徒一样，她什么都不懂。但耶稣对她说："我就是复活，我就是生命。"马大回答说，她相信他，他是上帝的儿子，犹太人等待着他的到来。

这段经文正是在这种信仰的表白中结束的。下文众所周知。耶稣被带到坟墓边，让人移开封住坟墓的石头，他呼唤着，拉撒路撑起那被尸衣裹住并已腐烂的虚弱之身，向他走来。现场目击者随之信服耶稣，而耶稣发现唯有不断带来惊人的神迹，才能赢得躁动倔强的心灵，心中不免深感苦涩疲惫。这个文本显然是为了安慰死者家属，才向他们承诺复活，就像拉撒路复活一样。

安东尼娅的教父记得，在他还是孩子的时候，老人们对这些复活的故事半信半疑。他的祖母虽然敦促他每天背诵祈祷，她也每天把时间花在教堂和墓地之间，但她并不相信这些。她没有怀疑神甫撒谎，却认为他过度热情，居然妄想上帝之子独享的永生特权也应降临到普通的凡人身上。她说："他会复活的，但我们不会。"如果死者复活，那只不过是化为令人不安、多疑和失忆的幽灵，在夜幕降临时徘徊于河岸，要对他们施舍，才能获取好感。这些笃信宗教的老太太其实都没有放弃异教信仰，她们相信要同时敬畏上帝和超自然力量，以避免尘世的不幸。而在所有这些不幸中，死亡是完全无法逃脱，也无法得到安慰的。这就是为什么她们希望敌人罪有应得。

和她们交往多了，安东尼娅的教父便对安慰的话总是保持警觉。在当神职人员的这些年，他看到弥撒不可避免地变成了心理抚慰场所。他看到神甫们在布道时争相说蠢话，甚至不惜巧施诡计地把不幸转化为幸福，似乎死亡可以被轻率地对待，而不是被简单纯粹地否定，好像那是件值得高兴的事情。他不想否认死亡，不想说出安慰的话，这种谄媚令他厌恶，每次为死者准备布道的

《逾越颂》时，他都注意不要淡化《圣经》经文的模糊性，因为无论是《圣经》还是宗教礼仪都不会将死亡视为令人愉快的玩笑，即使有人曾试图删除表述焦虑和恐怖的所有文本，如《震怒之日》和《拯救我》，但他坚持让人背诵或咏唱，因为他拒绝把成年人当作孩子一样对待。

20世纪90年代，他为3个被人谋害的年轻男子主持过葬礼，其中包括帕斯卡尔。3年前，他刚从大陆教区回到岛上时，主持了一位死于车祸的5岁小女孩的葬礼弥撒。葬礼前他整一晚都在祈祷，他本想放弃布道，不说任何带个人色彩的话，只说应该说的话，因为连耶稣自己都泪流满面，又有谁愿意让别人安慰呢？但可怕的时刻总是会来临，他再也躲不过仪式了，必须在众人和死者面前说出自己在孤独中选择的话。没有人知道这些笨拙的安慰是否过于煽情，或过于漫不经心，而继续诵读福音书会容易得多，因为福音书的文本当然不会只宣告永生。

在马大之后，耶稣遇见了玛丽，她哭着跪倒在耶稣脚下。他内心烦扰，颤抖着，也哭了起来，好像忘记了拉撒路很快会从坟墓中走出来，因此没有理由再感到悲伤。安东尼娅的教父小时候在上教理课时，就对此很反感，觉得这是严重的基本逻辑错误。"既然耶稣要让他死而复生，那他为什么还哭？"他问神甫。当时神甫似乎很尴尬，胡乱编了几个答案，但没有一个令人满意。神甫本人不是伟大的神学家，面对这位刨根问底的学生，只好命令他闭嘴，责骂他心怀鬼胎，疑神疑鬼，长此以往会得不偿失。

初领圣体之后，安东尼娅的教父说他再也不想去上教理课了。起初，他不顾母亲的一再威胁，就是不愿改变主意。后来大人对他说，要是执迷不悟，那就不能去协助做弥撒了。他无法接受自己不能再当祭坛男孩的事实，他喜欢天刚露出鱼肚白的黎明，喜欢小心翼翼重复同样的手势和教堂那浓重的乳香气味。于是，他只好屈服于这种善意的恫吓，继续接受基督教教育，也不再刨根问底了，尽管他依然感到自己受骗了。

今天，在客西马尼园可怕的孤独之夜中，为了让痛苦的圣杯从他的嘴唇上移开，他相信，在耶稣的眼泪和绝望的恳求中，没有逻辑错误和矛盾需要缩小或超越。因为成了人的上帝悲痛欲绝，如果他体验不到痛苦和绝望，他还有人性吗？

神甫站起来布道。他的演讲支离破碎，他已经不记得自己想讲什么，他只是想，我们知道她离主很近，但还是为她哀悼，但他并没有说出来。他看向他的姐姐、兄弟、姐夫、外甥和棺材，身子颤抖着，但他并不感到羞愧。

他说耶稣要使拉撒路复活，但在奇迹发生之前，他却流泪了。我们对此感到惊讶，因为他毕竟是复活和生命的化身，为什么他要哭？他试图做出解释，他说这些眼泪来自基督教的内心，他认为自己的立场是很难坚持的。面对死者，我们从来都不知道如何行动，也不知道应该离他们多远。如果我们不了解他们的时候，任何距离可能都不合适。要避免故作同情，那会显得平庸，而要抓住他们不完美之处。如果我们热恋他们，就不能沉湎于悲叹，要让舅舅和教父代替神甫发声。我们总是篡夺一些东西，比如，家人的丧礼，祭司的礼袍，这是没有出路的，最好的办法无疑是不要再提出问题，只要变换姓名重复同样的东西便可。你的男仆人，你的女仆人，从洗礼到死亡，他们都生活在你光明的希望中；从洗礼之水到死亡，你在他们的生命中一直陪伴着他们；他们听从了你的话，遵守你的告诫，他们爱你，并相信你，似乎埋入地下的只是圣徒。其实并非如此。

他认为，死者不是圣徒，生者也不是圣徒。而安东尼娅没有活在你光明的希望里，因为她不爱你。其实，她憎恨你，相信你存在只是为了让你赋予世界理性。她怪罪你，不过我想她不是怪罪你，而是怪罪我。虽然我对她说，我不能解释痛苦，只能试图减轻痛苦。她怪罪我，因为我不但什么都解释不了，而且根本也没法减轻痛苦。她说这话的时候特别凶，故意伤我，因为她很生气。但她是对的，从某种意义上说，我确实无法减轻痛苦，起码是无法减轻她的痛苦。从南斯拉夫回来后，她就再也受不了我，觉得信仰不再是一个可以被嘲笑的错误或天真无知，而是一种道德错误，一种耻辱，一种有罪和可怕的盲目。但它不是一种罪过，一个满怀爱意的脆弱内心在你的眼中不是罪过，这就是为什么我知道她就在你身边，即便如此我仍然为她哭泣。

他一边想着这些，一边继续布道，迷失在一些谁也听不明白的微妙经文诠释中。她姐姐阴沉地瞪着他，就像瞪着最无能的佛兰德方济各会修士。他得结束这糟糕的局面，至少得努力说出安东尼娅的名字，但他不知道如何结尾。没有人把纯洁炽热的炭火放在他嘴唇上以拯救他，他却强迫众人走上汲沦谷激流的对岸，来到客西马尼园。他再次后悔自己愚蠢地屈服于姐姐的坚持，甚至几乎开始后悔当年应召了祭司职位，这本来不是他的位置。他一无所成，相反却深深地伤害了所有曾经爱过他的人，首当其冲的便是安东尼娅。她是多么有爱心的女孩。想到这，他不得不强忍住眼泪中断了布道，但还是没有说出她的名字。她向他跑过来，对他说，"你看，你看我在跳舞呢！"

她当时刚8岁，那天是圣洛克节，8月里一个燥热的夜晚，村里在举办节庆活动。学校的院子被芦苇篱环绕，乐队演奏着激情的探戈舞曲，乐曲有点走调，"让我亲吻你那美若花朵的嘴唇。"安东尼娅的教父倚靠着木柜台，木柜台后面的香槟酒瓶浮在装满冰块的绿色垃圾箱中。穿戴考究的几对舞伴一本正经地跳着舞，佩斯利花纹衬衫，连衣裙和敲打着水泥地的高跟鞋，"来吧，来跳舞吧，生活太苦了，其他人的臂膀会让你把我忘却。"帕斯卡尔和他的伙伴只有12岁到15岁，他们故作潇洒地喝着劣质的葫芦绿薄荷酒。泽维尔悄悄地躲到一边呕吐，吐出一摊绿色液体，散发着难闻的薄荷味。小孩们也成双成对地跳着探戈舞，他们模仿着大人，还不时地偷笑，四处撞人，有时还得加快脚步巧妙地躲避，不然那些气愤却动作过慢的舞者会踢他们的屁股。"看我跳得多好！"安东尼娅的左手挽着西蒙的右手，他也只有8岁，他们彼此用另一只手扶着对方的腰际，随着音乐节奏，在舞池向着各个方向旋转，下巴紧绷，脸颊相互贴紧。"亲爱的，明天我们不会再共舞。"

安东尼娅用眼角的余光瞅着教父，想确认他是否在认真地看着她。他已经喝得半醉，微笑地看着她。在舞池的另一边，西蒙的母亲黛米安独自坐在桌子旁，也在看孩子跳舞。安东尼娅的教父走到她身边，在柜台上扔了几张皱巴巴的纸币，拿起一瓶放在酒桶里的香槟，跟她聊了一会儿，并请她跳舞。她犹豫了一下，自从丈夫三年前在一条高压电线上被电死后，她在节庆场合上就没有和村里的任何人一起跳过舞。她35岁，脸色苍白，嘴唇毫无血色。她既不漂亮也不特别难看，只是显得憔悴，缺乏生气。安东尼娅的教父突然看到她普通透明的皮肤下，有种东西在发光，一丛令人无比感动的微弱火焰在燃烧着。她起身跟着他走进了舞池。他们没跳几步，安东尼娅和西蒙就跑到他们身边，紧紧地缠住他们，于是四个人一起趔趄地跳着舞。"不要离开我，让我仍然相信我在做梦，你永远是我的。"

闪光灯使他们目眩。探戈停止了，管弦乐队开始演奏摇滚乐，然后是慢狐步舞，继而又按照一成不变的循环，演奏另一个系列的探戈和西班牙斗牛舞。凌晨5点的时候，泽维尔的父亲发现儿子躺在灌木丛中，便大声吼叫，扇了他几巴掌，让他醒了过来。西蒙靠着母亲睡着了，而安东尼娅则一直强撑着不闭上眼睛。但当父母告诉她该回家时，她没有抗议。她揽着她教父的脖子，久久不肯松开，头靠在他的肩膀上跟他道晚安。

西蒙的母亲说，"我也要回家了。""我送你吧！"安东尼娅的教父对她说。"我来抱小家伙吧，不要叫醒他。"他们走在村里的街道上，东边，已看不到星星了。到了她家门口，她没有邀他进屋，而是自己先进去，让门开着。他径直跟着她走进西蒙的房间，把男孩放到床上，等她把儿子安顿好。他本来可以跟她道晚安然后回家，但还是走到客厅去等她。

一只猫绕着他的脚喵喵地叫着，墙上挂着老人和士兵的肖像。黛米安的婚礼照片摆放在餐具柜上，旁边还有一张可能是在产房里拍的照片：她脸色苍白，怀里抱着一个婴儿。她回到他身边，专注地看着他，现在他发现她很漂亮。她害羞地朝他走过来，双臂揽住他的脖子，像安东尼娅一样，把头靠在他的肩膀上。她抬起头，寻找他的嘴唇，但他紧紧抱着她，避开她的吻。他害怕照片上那些人的目光。她把他带进自己的房间。他不安地寻找死去的丈夫的眼睛，但只发现撕坏的墙纸和床头柜上的灰尘。她脱下裙子，皮肤看起来不像他在歌舞厅或夜总会中玩扑克游戏之后认识的那几个女孩。她的皮肤很白，更为柔软，也更粗糙些，在乳房隆起之处和腹股沟褶皱处，有些不易察觉的斑纹，仿佛透露出她行将衰老的迹象，他不禁心生感动。一缕日光照亮了房间的一角。

他躺在她身上，看到她黑色的眼眸闪闪发亮。她咬住了他的肩膀，没有发出任何声音，当他仰躺下去时，她又用双臂揽住他的脖子。只要他和她在一起，她就会重复同样的动作，他最终会相信性爱只不过是通向完美的贞操时刻的怪异之路。她不让他入睡。"我实在不想这样，但你必须走，"她低声说，"因为西蒙在这儿。"他起身穿衣服，走出门时，耀眼的阳光令他目眩。他在村子的街道上走了一会儿，清晨散发着无穷魅力。

几个月过去，他不需要在西蒙醒来之前离开了，因为这已经不是什么秘密了。原先的照片被拿掉了，不再是一种威胁，但当他看着黛米安的脸时，他发现在她苍白的皮肤下，掩映着一抹只有他能察觉得到的美，仿若一束摇曳的烛光。

两年就这样过去了。他醒过来时，黛米安搂着他的脖子，他的心一阵紧张，他不知道该怎么处理他那无用的情感。他漫不经心、沉默寡言，对自己非常不满意，希望她责备他的沉默和冷漠，因为如果她这样做，他便可以告诉她，他对她并非无动于衷，而是不明白为什么这种爱是如此毫无激情。但他什么也没有说，他经常出去玩扑克游戏，很晚才回来，事先也不说一声，但她从不责备他。

一个冬夜，扑克游戏于半夜两点结束。他把自己赢的钱放在口袋里，请所有人喝酒。他寻找开车送他回村的朋友，却被告知那个朋友一个小时前已经走了。他很难过。他本来想在镇上一家旅馆找个房间过夜，但他并不觉得累，而且在这个季节的这个时辰，是绝对没有空房的。于是他跟大家告别，然后沿着通往村庄的十公里长的路走回去。他在黑暗中向前走着，双手插在口袋里。他累了，觉得有人跟着他。他不时转过身朝黑暗中望去，心里一阵恐慌。步行回家是一个愚蠢的想法。他经过墓地的栅栏门时，发现老神甫的房子里有一扇窗户亮着灯，就是当年不喜欢别人问问题的那个神甫。一个老人在半夜点亮一盏灯，可能有很多原因，比如因为失眠、痴呆、前列腺炎等问题，但安东尼娅的教父却立刻坚定不移地相信：他已经死了。他停留在这个看似零碎、不完整的想法上，想得出一个结论。他重复道，他已经死了，神甫已经死了，他寻求下文，"他死了，那又怎么样？"他大声说道，"那又怎么样？"答案就在嘴边，却又一下溜走了，后来一个完整的句子一下子便蹦出来了，"神甫死了，你将替代他的位置。"

他惊讶不已。这一夜，他脑子尽是些愚蠢的想法，尤其是这个想法，但他却无法摆脱它。他轻手轻脚地回到家来，躺在黛米安身边，几乎立刻就睡着了。她在早上把他叫醒，递上煮好的咖啡："你知道昨晚发生了什么事吗？"他回答："我知道。神甫死了。"她看着他，"是谁告诉你的？"他避而不答，却说："神甫死了，我要接替他的位置。"

她笑了起来，他想陪她一起笑，可他笑不起来，这个荒谬奇怪的想法慢慢地在他身上扎根扩散，犹如肿瘤。他越跟它抗争，他就变得越虚弱，就越想向它屈服。他还在抵抗，"我连上帝都不相信。"但他后来自己也搞不清楚了，"其实，归根到底，我相信上帝吗？"他自问。不过这个问题已经没有什么意义了，因为正在发生的事情跟他信不信上帝没有任何关系，它不是简单的精神皈依，而是一种突如其来的陶醉，毫无退路可言。在通往大马士革的道路上，他感受到了放在嘴唇上的灼热火炭，折断的骨骼，痛苦和盲目的双眼。

春日的一个清晨，他躺在床上，听见黛米安和西蒙在厨房里吃早餐。猫跳到床上，他抚摸着它。一缕温暖的光线透过百叶窗射进卧室来。他看着眯着眼睛依偎着他呼噜作响的猫，哭了起来，因为这一切都要结束了，他永远不会再体验到今天早晨这种甜蜜温馨的天伦之乐。无须再思考和疑惑了。他走进厨房，说："我要走了。"黛米安明白他的意思，神情疲倦地点了点头。他走过去蹲在西蒙身边，说："我们很快就会见面的，你知道，我不会抛弃你的。"他无法读懂这个小男孩严肃的眼神。当他关上门时，还在哭泣，为自己不再想过、将一去不复返的生活而哭泣，为自己刚才说出的怯懦谎言而哭泣。

"我不会抛弃你的。"他当然抛弃了他，而且把他们俩都抛弃了，去回应那天夜里响起的声音。他一开始还以为这个声音是自己的。这是他的错，但他别无选择，只能回应这个召唤。他很内疚，一切都无法补救。他跑进空寂的教堂，面向着十字架，跪在主道上。罗萨尔圣母向他伸出念珠，眼泪是他唯一可以做出的祷告。他擦干眼泪后，去了姐姐家。他给主教打电话："希望主教大人接见我。"他当时连主教的名字都不知道。他在神学院的快乐时光中就感觉到了自己罪孽的分量，今天在教堂里，当他看到黛米安的面孔时，他又一次感受到了。她已经变成老态龙钟的老妇人，坐在靠近中间过道的椅子上，听着他那拙劣的布道，也许在想：当初就为了成为一个如此糟糕的神甫，值得吗？

他真的是个很糟糕的神甫吗？这或许就是眼前那些忠实的听众心里头想的。在被热浪烘烤成火炉的教堂里，他让众人听完整段《震怒之日》后，又强迫他们听他那无休止的布道，有些人可能会晕倒，其他人可能最终会受不了而提前离开。他心里想，"让他们走吧，都走光吧，留下我一个人和安东尼娅单独待着。"

他一边想着一边继续布道，"我的灵魂痛不欲生。"没有人听他说话，他看到他们在热浪中摇摇晃晃，在长椅上打瞌睡，"你们连清醒地跟我待一个小时都做不到。"那就让他们走吧。他们来是为了让人看见，让人记住谁来了、谁没有来，他们是在完成一项社会义务，毫无温情可言。现在，他们被困在陷阱中，同情心居然经受不了一个小时的考验，这对他们来说要求太高了，他们因自私而陷入了无可救药的平庸之中，若想试图逃离它，罪孽就会再把他们推回去。

他心里想，"哦，我了解你们，我了解你们所有人，因为我像你们一样，我知道得很清楚。如果现在被你们的厌倦所伤害的可怜躯体不是我疼爱的外甥女的话，我决然不会如此严厉地评判你们。"他认识他们所有人，这是真的，他曾经和他们生活在一起，还给年轻的一代洗过礼，还为莱蒂西娅和阴郁的混蛋泽维尔主持过婚礼。泽维尔现在很夸张地死命擦额头上的汗，粗声地喘着气，活像饲料槽里抢食的牲畜。他们中有些人还来跟他做过忏悔，但他们不敢承认自己的真正罪孽，因为他们跟他很熟悉，在他面前会感到羞愧，因此只会长篇大论地坦白一些具体、微小而抽象的错误，不单单是抽象的，甚至是虚构的错误。

正如自己在初领圣体的仪式上那样，在接受圣体饼之前，当他也不得不向看着他长大的老神甫忏悔时，他也假惺惺地以伪君子的语气，背诵了直接出自儿童指南里的罪孽名单："我故意不做晚祷，我跟兄弟吵架了，我对父母有一些居心不良想法，却对自己欲火中烧、情不自禁自慰的痛苦或随时随地骂粗口以及殴打同学的轻微快感只字不提。"

由于长期与那些熟识已久的人为伍，他几乎确信，忏悔这件圣事必然会被谎言所玷污。他到大陆的教区任职后，居民都不认识他，所以他们忏悔时的坦率有时让他觉得过分，甚至难以忍受，以至于他时常憧憬修道院的生活。他很清楚，如果爱邻人是一件容易的事情，基督肯定就不会费心去将它定为首要诫命。安东尼娅的教父一直试图用祈祷来驯服自己的意志，以练习对邻人的爱。这些邻人的窃窃私语在黑暗中描绘令人厌恶的卑劣人性：勃勃的野心、平庸的嫉妒、吝啬、贪婪、追求享乐和肮脏的欲望，以及日常轻微罪行的潮湿，如蛇的死眼般没有光芒的罪孽。他坐在告解亭里，感觉自己似乎是在污水坑里行走。

有一位老人，每个月都向他忏悔，说自己有一位小侄女，为了让他不至于太孤单，经常来他家里过周末。他时常窥视她，被白内障笼罩的浊眼垂涎地看着流淌在年轻女子身上的水珠，觊觎在她身上的浴巾掉落后露出的湿润的赤裸酮体。他在梦中曾无数次在邪恶的亲密中爱抚这酮体，"原谅我，神甫，您知道我是多么懊悔。"除了恳求宽恕之外，他每个月都信誓旦旦要悔过自新，但下一个月，还是同样的叙述，并添加一些无比卑鄙的额外细节：在淋浴盆收集阴毛，用电钻在门上钻一个洞，等等。这让安东尼娅的教父最终怀疑他说的都不是真的，这位老头自得其乐地叙述凭空幻想的罪过，却没有胆量去犯这种罪过，只会谴责自己的幻想，以至于神甫的专心聆听变成了双重亵渎的帮凶，这也鼓励老头累次重犯。

他没有指责他的教区教民撒谎，但最终还是拒绝宽恕他。"这样是不行的，"他严厉地告诉他，"您的灵魂不是一块可以被不断玷污和洗涤的布料，我也不是开洗衣房的。我在这里不能向您保证，您可以无休止地重复同样的罪孽。我必须告诉您，您顽固不化地沉湎于罪孽中，这使我无法相信您悔改的诚意。"在告解室的另一边，老人抽泣起来。听到他呻吟和吸鼻子，安东尼娅的教父起初有点厌恶，然后突然意识到老人当下所感受到的深切痛苦，内心骤然充满了同情。这个受到永罚的、灵魂丑恶而痛苦的老人，是他必须要去爱的邻人，不能有犹豫也不能有厌恶，他必须全心全意去爱，正如行善者圣朱利安拥吻麻风病人的嘴唇。

安东尼娅责备他容忍邪恶，更过分的是他没有恰当地掂量其分量，他永远无法使她相信她错了。她肯定目睹了他本人没有经历过甚至可能无法想象的事情，这一点他承认她是有道理的。她以为罪孽是像《刑法典》的罪行那样，是可以量化的，或多或少也是可见的，但这样想是错的。从某种意义上说，无论大小，罪恶都是一样的，阴暗、肮脏、毫无深度或高贵特性。因此，在每一个罪孽之中，即使是最小的罪孽，都会露出美杜莎丑陋狰狞的面目。不能朝他们吼叫，这很难，不能让心硬如石头，就像他在告解室的污水沟里跋涉的时候，他常常觉得自己的心已硬如石头。他提醒自己要关心活生生的肉体和顽强不屈的血液循环，因为"上帝是按照自己的形象造人，使人像他"。

听到他这样引述《圣经》，安东尼娅气坏了，"哦，上帝的形象和相似上帝的形象都不美，他的模型就更不美。"他只好不再引经据典。他想知道她在南斯拉夫的血腥崩溃中都看到了什么，她没有从南斯拉夫带回任何照片，而为了这个梦寐以求的旅行，她花费了不少时间和金钱。她什么也不肯说，但他看到她很痛苦，而这种痛苦，他是有责任的，因为是他在她14岁生日那天，送给她一台照相机。如果没有这台照相机，她绝不会在2003年8月的某个旭日东升的清晨，来到奥斯特里科尼的路上。"不可为自己雕刻偶像，也不可造上天、下地及地底下水中的百物的形象。不可跪拜它们，也不可侍奉它们。"他没有遵行过这些话语，而现在因为他，他的教女却侍奉这些让她沮丧的偶像。

他并没有任何破坏圣像的倾向，恰恰相反。上帝派遣基督救赎世界时，难道不是同意交付自己最完美的形象？安东尼娅的教父喜欢在教堂里摆满雕像和画作，即便手法笨拙也没关系，他从来没有觉得自己在侍奉偶像。在村里，教堂内的苦路①14站似乎是由智障儿童绘制

———————
① 苦路，天主教模仿耶稣被钉上十字架过程的活动，共有14个场景。故教堂内常摆设14处苦路像。

的。昔兰尼的西门形象很凄惨，一条腿画得比另一条腿短；圣女维罗尼卡肥胖无比，甚至基督也是畸形的。这都无关紧要。眼光停在图像上只是为了穿越它们，并透过它们捕捉耶稣受难永恒和不断更新的谜。

是的，图像是通往永恒的大门，但摄影并不能揭示永恒的任何内容，它沉湎于短暂瞬间，见证事物的不可逆转，并将一切都归为虚无。如果摄影在耶稣时代就存在，基督教就不会得到发展或者最多只是一种绝望的残暴宗教。那时，就必须要破坏圣像，不留下任何东西。耶稣被钉上十字架的最真实的图像总是突出殉道肉体的伤口，犹如要从反面凸显复活的奇迹。如果存在一张基督死亡的照片，照片上只能是交付给永恒死亡的备受折磨的尸体，除此之外，别无其他。在照片中，活人也被转化为尸体，因为每次按下快门时，死亡就已经发生。

我父啊！若有可能的话，求你使这杯远离我。①

但这当然是不可能的。你必须抓住杯子喝下。但谁将杯子递给安东尼娅呢？

很长一段时间，他一直保持沉默，低头看着福音

---

① 《马太福音》，26:39。

书。众人喜出望外，以为他已结束布道，但很快就大失所望，他姐姐的手紧紧抓住了祷告椅的椅背。他还是没有讲到教女的生平。在他做决定之前，他又开始布道：

"安东尼娅不是一个真正的好基督徒，我知道，你们也知道。虽然她有时候相信上帝的存在，但相信的方式很奇特。她不相信他，没有把希望寄托在他身上。在把她交给他的这一刻，我们不能为了宽慰自己而说谎。每个人都知道在此时此地，在不可欺骗的上帝的家园里，谎言是多么可笑。但我也知道，安东尼娅的心中充满了爱意，这使她更容易感受到痛苦，我也知道痛苦有时会导致反抗。我之所以知道是因为我是她的舅舅和她的教父，因为我了解她，爱她。我在此仅以神甫的身份说话，如果不能如愿，我在上帝面前请求你们的宽恕。

我知道，我非常清楚，上帝的怜悯之心无限宽广，深入我们每个人的心中，深入我们无法企及的深处。我相信他会迎接安东尼娅，她已经在他身边。然而，我们仍然很哀恸。我跟你们谈到了基督的眼泪，讲得时间太久了，太笨拙了，我再次请求你们原谅。他为什么哭？因为他悲痛欲绝。在这场令人心碎的悲恸中，我们也与他在一起。我们必须坚持下去：在希望与哀悼之间，我们无比哀伤同时又充满希望。因此，我们相信安东尼娅与主同在，但我们依然要哀悼她。"

第七章
奉献经: 主耶稣基督

（医生身边奄奄一息的士兵，科孚岛，1915年）

　　主耶稣基督，荣耀之王，将每一个死去的信徒的灵魂从地狱的痛苦和深深的鸿沟中解放出来。

　　1901年，16岁的利斯塔·马里亚诺维奇离开了家乡沙巴茨，到贝尔格莱德定居。他当时想当画家，所以先去上了一所绘画学校，同年结识了皮埃尔国王的御用摄影师米兰。米兰很喜欢他，教了他摄影艺术的种种技巧，因为利斯塔认为摄影是一门艺术，应该赋予其高贵的地位。尽管他所有的作品构图都非常独特，但他不会成为画家，也不会成为艺术家。因为一个1885年出生于巴尔干半岛的人，不可能将一生的全部精力都投入到美学中。

　　当然，在1901年，利斯塔还不知道这一点。

　　他于1905年毕业，后来去了维也纳和柏林。他给恩师寄了自己的几张肖像：戴着礼帽，穿着三件套西装，怀表的银链优雅地挂在背心的纽扣上。他显然为自己年轻、穿着整洁、周游欧洲而沾沾自喜。他请别人给自己寄点钱。

　　到了巴黎，他被罗尔摄影工作室聘用。在巴加泰勒游乐场，他拍摄过飞行员的演习、王室婚礼、自行车比赛、国葬仪式。他把相机带到大教堂和赛马场上，似乎更精于上流社会的摄影，但他也没有忘记摄影是一门艺术，总是在虚实和明暗之间以同样的精湛技艺进行拍摄。

　　1907年9月，他的一张照片在《先驱论坛报》获了奖，他继而被聘为摄影记者。在获奖照片中，加布里埃尔·达南齐奥的猎犬与诺阿伊伯爵夫人的猎犬赛跑，前者领先于后者几厘米。两只猎犬紧挨着身子往前奔跑，脚爪腾空，浑身所有的肌肉都在深色皮毛下绷得紧紧的，它们从右上方的某个点飞奔进入画面中。仔细观察画面，会发现它不是一幅学院派的古典主义绘画，而是一张照片，其图像是在瞬间捕捉到的。阴暗部分的一些细节可能曾用木炭笔勾勒过，但也有可能是曝光完美而没有经过任何润色。

　　可以推测，假如欧洲的历史是另一番景象，利斯塔可能会成为著名的摄影师。赚够钱后，他或许会不再热衷于旅行和与贵族交往，全心投身于艺术摄影创作。

　　但1912年，就在加斯东返回的黎波里的几个月后，参谋部军事情报处的负责人德拉古（德拉古地·米特里耶维奇），别名阿比斯，召利斯塔来到贝尔格莱德。阿比斯是一个热情高涨的阴谋家，也是杀害塞尔维亚国王亚历山大一世和他的妻子德拉加的凶手。对这次暗杀，他保留的不是他脑海中的模糊的精神图像记忆，而是身上仍残留着的三发子弹，他也深谙摄影在战争宣传中的重要性。

从现在开始，利斯塔不再负责上层社会交际活动的摄影，而成了塞尔维亚军队的随军摄影记者。部队的旗帜已获得族长的祝福，官兵驰骋沙场，屡战屡胜，阵地远至刚把土耳其人驱逐出去的马其顿。在斯科普里，由该市宗教当局组成的代表团正恭候国王皮埃尔的到来。在利斯塔的镜头下，东正教和罗马天主教两个神甫并排站立，犹太教教士及伊斯兰教教长伊玛目上前相迎。不久之后，王储亚历山大也来到斯科普里。此时，利斯塔带着相机在城里闲逛。轻骑兵们身着勃兰登堡短夹克，走在街道上，长长的白色羽毛飘逸在高顶熊毛军帽上。拱形门廊下，三个塞族步兵肩上扛着步枪，正抽着烟。在他们的身后，可以见到一座清真寺的穹顶和白色的尖塔，几近过度曝光，但只是几近而已。

利斯塔没有失去他的构图感。

第二次巴尔干战争开始时，他拍摄了林中空地上一群围成圆圈蹲着的男人的照片，中间是一个戴着平顶圆锥帽的老兵，正在给他们讲故事，他们看起来活像一群听得津津有味的孩子。背景中，两棵树之间的背光处出现一个士兵的身影，他在看着他们或者也在侧耳倾听老人讲故事。

利斯塔依然没有失去他的构图感。

1913年7月，他想必是满怀喜悦地回到了巴黎。如果有机会看到同年拍摄的那些精美的彩色照片，他一定会惊讶不已：一位穿着红色衣裳的年轻女子在多塞特郡的一个海滩上。摄影与绘画确实可以相媲美，其细腻的美感确实不亚于绘画。年轻女子，搁浅在鹅卵石上的船，白色的悬崖和碧蓝的大海，一切都在与时间的竞跑中被拽下来，被放置在一个可以永远保持柔软皮肤的地方，不再受到时间的侵蚀，一个被圣化的肉体，青春岁月。

利斯塔可能幻想过在自己生命中的那段战争的小插曲将永远画上句号。然而，当加夫里洛·普林西普在完全没有准备好的情况下，仍奇迹般地朝王储弗朗茨·斐迪南开枪时，他便对远离战争不再抱什么希望了。因为大公被命运的力量所蒙蔽，整天都在努力追赶死亡，而死亡却奋不顾身地在萨拉热窝街头逃离。就在此刻，他不再相信自己能逃脱战争。数名暗杀者在米加卡街上被逮捕，他们在围捕自己的警察的制服上呕吐胆汁和过期的氰化物。

利斯塔匆忙赶回塞尔维亚，知道最糟糕的时刻尚未到来。他害怕再也见不到自己的家人了，于是便去沙巴茨向他们告别，但来得太晚，只看到了母亲，所有的兄弟都被动员去参军了。他不再去想那些著名的运动员，那些穿着白色长袍走向圣坛的公主，或猎犬精致高贵的脊背曲线。他来到贝尔格莱德，从这个办公室跑到那个办公室，申请前往前线拍摄的通行证，因为他相信，只有这样，他才能找到自己的价值。

他领到了通行证，什么都拍摄：参军的热情、难民的队列、两个骑兵无动于衷地走过淹没在泥泞中的匈牙利士兵的尸体、被夷为废墟的沙巴茨和烧毁的教堂、瑟尔战役、库鲁巴拉战役、塞尔维亚军队穿越临时搭建的桥、罹患伤寒的受害者……

也许他遇到了约翰。约翰被人从西方前线上赶了回来，因为一位和蔼可亲的德国军官借给他一把崭新的鲁格P08手枪，他一激动向法国战壕开了枪。他在巴尔干半岛四处跋涉，从撒罗尼迦到贝尔格莱德，从战场到歌舞表演厅。一位加拿大画家陪伴着他，和他一样全然陶醉在战争和李子白兰地酒中。

部队委托利斯塔冲洗在奥地利士兵身上找到的摄影胶片。冲洗液首先显示出几个农妇被绑在木桩上，脚趾离地面30厘米，似乎依然徒劳无益地想踩着地；然后是一些奥地利人围着一片绞首架聊天，嘴上露出一丝笑容。奇怪的是，利斯塔发现人们喜欢用同样的天真无邪来记录他们犯罪的时刻，一如婚礼、孩子降生或生活中的其他重要时刻。摄影的发明得以满足这种不可抗拒的欲望。他们就是自己的罪行最触目惊心的证词，但他们对此却似乎无动于衷。为什么要关心这些呢？在刚刚开始的漫长世纪中，他们将拍下在安纳托利亚沿路被打死、绞死或钉死在十字架上的受害者的照片，犹如镜像效应下的基督形象无限增多。在白俄罗斯，他们站在填满赤身裸体的死尸坑边拍照；在刚果，他们站在一排排被砍下的头颅前照相；在亚塞诺瓦茨集中营①，他们站在将要被割喉的囚犯前照相。

他们站在一座著名的历史古迹或一座狩猎奖杯面前，或者和朋友一起吃完饭的时候，也会摆出同样的姿势照相。尽管时代变迁，衣着不同，但脸部总是显露出同样的表情，不完全是快乐，而是更为轻佻、浅薄、漫不经心、无忧无虑的神情。

1914年年底，利斯塔记录了许多惨绝人寰的恐怖行为。

他收集了许多酷刑的照片，并将它们予以分类和标注。1916年，这批照片曾在罗浮宫和维多利亚博物馆展出，随即被寄往美国。敌人的兽性被记录下来，每个人

---

① 二战期间最为恐怖的纳粹集中营之一，有"死亡集中营"和"克罗地亚的奥斯维辛"之恶名。集中营的绝大部分的囚犯都被棍棒打死或被匕首刺死，吉普赛人则多半被斩首。

都可以陶醉于这些景象中，并奢侈地享受愤怒。或许在布达佩斯和柏林之间的某个地方也举办过同样的展览。

1915年10月，保加利亚参战。几周后，塞尔维亚沦陷。利斯塔手拿相机，和军队、政府、摄政王亚历山大、躺在牛车上的老国王皮埃尔，以及一群饥肠辘辘的难民一起，在冬天开始了漫长的撤退，穿越阿尔巴尼亚山脉，抵达亚得里亚海沿岸。他们在雪地里前行，蹚过德林河冰冷的河水，士兵们用步枪当拐杖，每天队列人数都会减少，尸横遍野。

利斯塔第一次没有考虑构图。

四处一片白雪皑皑，无法看到产生层次深度的平面。一个冻僵的哨兵跌倒在一个只有两个维度的世界里。

一个小男孩，衣衫褴褛，澄澈得出奇的蓝眼睛着迷地看着镜头。

一个士兵靠在树上，盯着前方看不见的地平线。

利斯塔继续前进。他拍下了饥肠辘辘、发着高烧、听天由命的人们，他们离开了队列，满脸疲惫，如释重负地坐在雪地里。他终于到了圣让-德梅杜瓦，在那儿，法国海军将把这些幸存者带到科孚岛。利斯塔去参观一个由帐篷搭建的临时医院。一位医生一脸惊愕地坐在一个赤身裸体的男人身边，那人瘦骨嶙峋，身上似乎一点肉也没有，骨骼的所有细节一览无遗，就像在医学百科全书中的插图一般。胸廓里，腹部消失了，好像连内脏也没了，大腿的周长不超过股骨的周长，巨大的膝盖骨把膝盖的皮肤绷得紧紧的，髋骨顶部指向下背部，但脸上出奇地保留着人情味，一副听天由命的忧郁神态。利斯塔按下了快门，他并没有寻找最好的角度，只想记录在这里发生过的事情的痕迹。在照片的背面，他写道："15分钟后，他死了。"

慢慢地，利斯塔重新找回了构图感。他身体也好些了，胃口也恢复了，找回了对和谐的鉴赏力，前方又可以看见地平线了。

远处，一艘艘战舰正在抛锚。近景中，一艘船离开码头驶向大海，船头站着一个男子，双手叉腰，扭头看向摄影师。船尾，另一个男子背对着镜头，手中拿着一支桨。船上装满了乱七八糟的尸体，死者人数太多，无法悉数埋葬，地中海蓝色的水域将成为他们的坟墓。波浪的起伏、阴影和船体的线条被木炭笔加强了。利斯塔再次向绘画致意，他知道如何揭示当下的永恒。这两个人成了冥河上的摆渡人，可以想象，他们引渡的每个死者的嘴都是用一块银币闭上的。

救他们脱离狮口，莫让地狱吞噬了他们，莫让他们坠入幽冥。

战争结束后，他搬到了贝尔格莱德。他的国家改了名字，随后也数易其名。承蒙上帝的恩赐和人民的意愿，皮埃尔一世成为塞尔维亚、克罗地亚和斯洛文尼亚的国王，他领到了一本用塞尔维亚-克罗地亚语和法语签发的护照：利斯塔·马里亚诺维奇，34岁，记者，中等身材，长脸，棕色头发，蓝色眼睛，鼻子端直，嘴巴和胡须端正，1929年成为南斯拉夫国王亚历山大一世的臣民。他先是在外交部的新闻服务处工作，后来创建了自己的摄影工作室。他拍摄了很多王室家族的照片：公主与玩偶玩耍，王储亚历山大国王骑马在明暗相间的丛林中前行。他也尝试在贝尔格莱德公园和街道上拍摄日常生活场景的彩色照片。

1930年，他参加了纪念碑的落成典礼，碑基上刻有这句话："让我们热爱法国，正如法国曾热爱我们。"

1934年，在他知道一切都没有完结的时候，他就报道了戈林访问贝尔格莱德的场景。他依然继续拍摄日常生活和家庭幸福的照片，构图无可挑剔。除了连续不断的阴影和鬼魂，他还能看到什么呢？无论如何他都不想再对其他任何事情感兴趣。他没有陪同国王亚历山大访问法国，没有听到枪声，马的嘶鸣，也没有听到惊慌失措的警察对着尖叫的人群开枪。许多摄影师目睹了国王坐在停在麻田街的官方迎宾车上，身上的血在慢慢流干。利斯塔曾给国王拍过许多肖像，但此刻却不在场。

他得知西班牙内战刚刚爆发。

一年后，当他在萨瓦河畔给散步的情侣拍照时，在卢比扬卡大楼里，一位可能从来没考虑过将摄影作为艺术的内务人民委员部①的官员，看着诸多男女像往常一样从他镜头前经过。他们都知道自己的大限已到，或被流放到西伯利亚的科雷马集中营。这位官员在所有肖像后都写上姓氏名字，仔细地存档归案：阿列克谢·伊万诺维奇，40岁；安娜·莫伊塞夫纳，16岁；叶夫根·尤泽福夫纳，20岁……他们是诗人、文盲、木匠、工人、退休人员、东正教牧师、译者。从他们的眼中，可读出愤怒、讽刺、恐惧、挑战、沮丧或震撼，但无论他们的反应如何多种多样，这名官员都在完成其单调繁琐的行政任务的同时，无意中使笼罩在他们每个人身上的死亡变得真实可触，而他们丝毫不想着与之抗争。

他们每个人都面对同样的东西，那既不是相机，也不是摆弄相机、不久后将步其后履的官员，而是一张无从描述的脸，那狰狞的面孔已让他们目瞪口呆。在他们石头般的沉默中，似乎都在重复同样的字眼，那是小

---

① 苏联的秘密警察机关。

男孩马克在父母被逮捕时用大写字母颤抖着写在笔记本上的话："爸爸妈妈路易卡·伊齐亚，我们所有人都死了，就是这样。"

让圣米迦勒天使手持你的圣剑，引导你进入圣光。

就是这样。必须忘记生活的图像，将在卡莱梅格丹公园漫步的慵懒恋人抛在身后。另一场战争又爆发了，利斯塔第4次被卷入战争风云。1941年3月27日，他参加了示威游行，反对摄政王保罗①与轴心国签订的条约。摄政王落荒而逃。4月6日，德国人开始执行"惩罚行动②"。利斯塔在被轰炸得满目疮痍的贝尔格莱德四处奔走，拍摄了卷土重来的死亡、被炸毁的建筑物、像纸玩具一样皱成一团的电车和横躺在米哈伊洛大公街上的尸体。当米兰·内迪奇升任救国政府的总理时，利斯塔便辞了职。他继续秘密地拍照，被通缉后，只好四处躲藏。1943年，他躲进一所房子里，成功从三个追捕他的男人手中逃脱出来，但还是忍不住通过窗户缝隙拍下了他们的照片。他等那三个人进入固定好的镜头中，彼此之间的距离刚刚好，当其中一人突然转身、打破对称平衡

---

① 南斯拉夫国王亚历山大一世的堂弟。
② 指德国在1941年4月6日对南斯拉夫发动的突然轰炸。

时，他立刻按下了快门。他在冲印出来的照片背面，写道："德方间谍正在寻找本照片的作者，想枪杀他。"

与此同时，在萨格勒布，库尔齐奥·马拉巴特受到了克罗地亚独立国①国家领导人的接见。这位领导人激动地向库尔齐奥展示乌斯塔沙②送给他的珍贵礼物，那是满满一碗被挖出来的眼睛。虽说库尔齐奥的证词不太可信，但我们不得不钦佩他的才华，居然能将多种复杂情境压缩成一个令人难忘的寓言。

1944年4月，盟军投下了炸弹。

10月，红军进入贝尔格莱德。利斯塔拍摄了欢声笑语和鲜花簇拥的场景，他儿子在苏联士兵的腿间奔跑，旁边是一辆重型JS-2坦克。但他知道人群的喜悦是浸满鲜血的，因为他是一名摄影师，他的职责就是记录在这里发生的一切事件的痕迹，因此他也拍下了私刑和就地处决的场景。一个游击队员看到他，扔石头砸烂了他的相机。所有有争议的照片都被没收了。关于贝尔格莱德解放的场景，他只留下了鲜花、妇女的笑容、亲切可爱的红军士兵、兄弟般和蔼的面孔以及儿子在坦克周边奔跑的照片。

在新成立的南斯拉夫联邦人民共和国，他的摄影工作

---

① 纳粹德国和意大利王国二战期间扶植的傀儡政权。
② 活跃于二战前后的法西斯组织。

室重新营业。他教授的不是油画或素描，而是新闻摄影。

1955年，年满70岁的他退休了。

他于1969年4月离世，此时美国在和越南开战，而利斯塔已经9年没有拍任何照片了。我们对他突然完全放弃摄影的确切原因一无所知。不太可能是因为年龄。或许他最终对这些永远无法与绘画匹敌的图像开始反感，因为摄影并非是作为艺术形式才体现其力量，它所反映的并非永恒之美，它像无情的命运三女神摩伊拉抽刀斩断了时间之河，只有它才能这样做。倘若果真如此，垂垂老矣的利斯塔一定意识到自己这一生都被误导了，走上了一条不属于他的道路。

"但他停止摄影，也许只是因为他觉得在周遭疲惫不堪的世界里，已经没有任何东西可以拍摄了。"一切都已被道尽，又被不断重复，最后变成令人无法忍受的期期艾艾。或许弥留之际，他曾后悔1915年12月底没有在科孚岛就停止摄影。因为1969年，在地中海的蓝色墓地边的一家野战医院的帐篷里，他不但拍下一位饥饿的士兵垂死的照片，而且以这张触目惊心的照片，一次性地捕捉到世纪的面孔。

因为这是主从前应许亚伯拉罕及其后裔的。

第八章
圣哉经

（东德边防部队凿开柏林墙，柏林，1989年）

　　1989年3月，帕斯卡尔第三次被捕时，安东尼娅没有跑去倚着她舅舅的肩膀哭泣。她立刻知道，无论是等待还是别人暗含喜悦的同情目光，她都无法忍受。她也知道自己陷入了一种永无休止的循环中，无法脱身，仿佛围绕着一个极其庞大的星球旋转。未来不过是重复她经历过的生活：帕斯卡尔将被关进监狱，然后会获释出狱，之后又会一次又一次地被关进去，她依然会等他，日渐衰老，幻想慢慢破灭，直到一切都为时已晚。在她的墓碑上，人们不会刻上她的名字，只写着"帕斯卡尔的妻子"，不过这也没有错，因为她生存的重心总是在自身之外。

　　她当然不能抱怨自己的情人自私。谁会将一个为政治事业牺牲自己生命和自由的人形容为自私自利呢？她只能在帕斯卡尔自由的时候尽情享受和他在一起的时光。但这种享受是间歇性的，尤其是自从安东尼娅搬来阿雅克肖住之后。她每周见他两三次，但从来不知道他什么时候来，他通常是当天才告诉她，有时甚至是半夜三更来她家之前才打电话给她。

她经常在他的皮肤上闻到其他女人的香水味。帕斯卡尔是一个秘密组织的成员，这为他提供了一些实用的优势。他从来不需要说出他在哪里、在做什么或跟谁在一起，而且，毫无疑问，他也以这种职业的保密义务为借口，去从事一些与法国殖民主义和民族解放斗争几乎毫无关系的活动。

她没有责怪他。她了解他，正如她了解所有与她一起长大的男生。对于他们来说，女人在世界上可泾渭分明地简单分为两类：值得尊重的女人和不值得尊重的女人。正式的女性伴侣当然属于第一类，她们与母亲、姑母姨妈和姐妹平起平坐；其他女人则都属于第二类，可在其中选择偶尔的伴侣，不用承担任何后果。偶尔隐瞒这些短暂的通奸关系，倒不是因为他们懊悔，或者毫无道德感，而是为了保护伴侣或妻子，人们并不指望她明白更不希望她确认一个如此泾渭分明的微妙世界。更通俗地说，这样可以避免许多麻烦。所有这一切，安东尼娅最清楚不过，很长一段时间都忍声吞气。她并没有真正感到嫉妒，只是对那无休止的故弄玄虚的天真感到恼火，并且有点厌恶，仿佛自己被人强迫躺在潮湿肮脏的床褥里。

她没有给帕斯卡尔写信，也没有给他寄任何照片。她只要求到监狱去探视他，几个星期后才获准前往。这是她平生第一次踏进监狱。她跟着一名狱警穿越一个漆成黄色的脏兮兮的宽敞走廊，每次牢门挂锁的声音都让她心惊胆战。帕斯卡尔在探访室里等她，一脸笑容，没有抱怨她不给他写信。即使在这样污秽不堪的地方，她还是很高兴见到他，她一时担心自己无法按照原先想象的那样与他交谈。他拉住了她的手。

"你知道，他们什么证据也没有，最后还是会撤销指控。你不要担心，我会出狱的。"

"当然，"她说，"你会出狱的，可是还要等多久呢？"

他耸了耸肩。

"几个月，一年，我不知道。你知道，预审法官并不着急。"

她凑近他，温柔地说道："帕斯卡尔，我不会再等你了。这一次，我不会再等你了。"

他的身子在椅子上僵直了起来。

"你来这儿就是为了告诉我这个吗？在这儿？"

"是的，我来这儿就是为了告诉你这个。你更愿意我写信告诉你，对吗？"

他低下了头，没有回答她。她鼓起勇气，补充说她仍然爱着他，但再也不想过那样的生活了，她知道要求他放弃他的生活是不可能的，即使可能，她也不会这样做，她不想他为她而放弃任何东西，然后因此责怪她。但如果继续这样下去，那就是她会怨恨他。事实上，她已经开始怨恨他了，因为他不由自主地强迫她过这种生活，而她并不愿意这样。她没法等他出狱再告诉他，她不能整月整年甚至更长时间不停地演戏，宁愿立刻来这儿告诉他。

他抬头看着她。

"我要回我的牢房了。"他低声说完后便把狱警叫了过来。

当他慢慢从椅子上站起身时，她握住他的手，"帕斯卡尔，你等等。"她说话很快，"我太软弱，受不了这个。但我不会抛弃你，我永远都不会抛弃你，我会永远留在你身边，你会看到，我不会抛弃你的。你必须知道，你可以信赖我，甚至比……"

但他已经在她面前站起身，不想再听她说话。"我要回到牢房里。"他背对着她，跟着狱警走了。她不想看到他因为自己而痛苦，更讨厌自己为了心安理得而违心做的一切努力。她回到了科西嘉岛，内心很沉重，背负着那份她不愿从轻处理的错误。

玛德莱娜得知他们分手的消息，开车来到阿雅克肖，到安东尼娅的报社办公室去看她。

"你这样做太不像话了，以后不要再跟我说话。"

玛德莱娜用愤怒的卫道士口吻跟她说话，仿佛她自己的行为总那么无可指责，并且绝不会影响她站在道德制高点指责别人。安东尼娅没有感到受伤，反倒更敬仰她了。

"太有意思了，玛德莱娜，"她回答说，"但我真的没时间跟你开玩笑，我还有很多活要干呢。你给我滚开！"

接下来的星期六，她回村里在父母家待了两天。得知她终于和帕斯卡尔分手后，她的教父试图隐藏自己的如释重负。他心里明白，若表现出任何快乐，或对那个被打发的情人进行任何批评，安东尼娅都会很不开心。所以他只想加倍疼爱她。

只有他会这样做。

她坐在酒吧的露台上，任凭面前的咖啡变凉。她形如幽魂，在一栋房子里游荡，住在里面的人都对她漠不关心，朋友谁也不跟她打招呼，没有人愿意看她一眼。她本可以离开，但出于骄傲，她仍端坐在座位上不动。她没有必要在别人面前为自己辩护，更没有感到羞耻。傍晚时分，西蒙来了。她原以为他走过自己身边时会假装看不见她，但他却过来吻了她，然后坐在她身旁。让-约瑟夫从酒吧里向他投来充满责备的眼神，西蒙不为所动，开始跟安东尼娅友好地交谈。准备回父母家

时，她把一只手放在他的肩膀上，说了声"谢谢"。他
身子战栗了一下，嘴里嘟哝着几句，她完全听不清。

　　这个时候，她才明白西蒙对她的感情并不仅仅是友
情。这位年轻男子爱上了她，她居然现在才发现。因为
她的愚蠢、盲目和无动于衷，他才能很笨拙地隐藏着这
一切。他可能很久以前就爱上了她，也许从他们在村里
节庆活动一起模仿跳探戈的时候开始的，但毕竟是很久
以前的事了。所以他对她的话都那么敏感、那么容易受
伤；所以在面包车里很可笑地忍不住要让人认出他来，
这并不是因为他像她认识的其他民族解放阵线分子那样
想吹嘘自己（那些家伙总是忍不住向那些愿意听他们说
话的人，尤其是陌生人讲述他们的壮举，而他们并不一
定是这些壮举的主角。他们这些无休止的自发坦白，相
比那些靠不住的"拒绝作证①"，会使警察的调查工作更
加复杂），而是因为他爱上了她，绝望地爱上了她。因
为他知道，女孩子往往喜欢跟比自己年龄更大的男人在
一起，他根本无力与那些男人竞争，他对他们钦佩得五
体投地，尤其是帕斯卡尔。他崇拜帕斯卡尔超过所有其
他人，简直是到了顶礼膜拜的程度。他别无选择，只能
在这无从实现的秘密爱情中悲惨地备受煎熬，根本不奢

① 黑手党徒的一种行为准则。

望有一天能倾诉衷肠。而安东尼娅与牢中的帕斯卡尔分手后，压在她身上的禁忌使她变得更加不可侵犯，更加难以接近。

安东尼娅怀疑，她的难以接近远远不能阻止别人爱她，恰恰相反，这也许是别人爱她的主要原因，或者是唯一原因。西蒙所爱的并不是她，而是"帕斯卡尔的女人，"也就是说，其实他爱的是帕斯卡尔本人。这一点都不令人高兴，但至少她不必担心西蒙会变得积极主动，这样她就不用向他痛苦地摊牌，她可不想与唯一不像对待麻风病人一样对待她的人闹翻。

两周后，她收到了帕斯卡尔的一封令人惊讶的信。他在信中说，他理解她，非常理解她，尽管，当然，放弃她并不容易。这些年对她来说无疑是很艰难的，虽然他从来没有花过心思去想这件事。他请求她原谅，她有权憧憬另一种未来。他刚开始对她很生气，但现在过去了，他没有什么可以责备她的，事实上，他从来没有任何地方可以责备她。他信任她，知道可以继续信赖她，尽管他们分手了，他却比其他任何人都更信赖她。他想到这一点时，他几乎感到很幸福，他渴望早日出狱，早日再见到她。

这一次，安东尼娅不得不忍住爱和感恩的泪水。只有帕斯卡尔能减轻她所承受的思想负担，她从没想过他会这样做。他虽然有些粗糙和腼腆，但却善良无比。他的怒火从来不会持续很长时间，这她应该早就知道。1979年，殴打了那位撞翻了他咖啡的游客后，他第二天就独自一人回到城里寻找受害者，想表示道歉。

当然，帕斯卡尔没有向任何人承认过这件事情，对他最亲密的朋友也没有提过，因为他们无法区分善良和软弱。几年后他才告诉安东尼娅自己整个下午是如何到处寻找那个游客的。他跑遍了整座城市，走遍了海滩和冰激凌摊位以及那些愚蠢的游客通常喜欢逛的地方，但还是找不到那家伙，想必他就躲在某个露营地里，直到假期结束打道回府时才会走出来。

帕斯卡尔心灰意冷正想放弃时，突然看到他从帆船学校走出来，便招手朝游客大声叫喊，向他跑过去。这其实并不是一个好主意，因为对方误解了他的意思，万万想不到帕斯卡尔会有如此值得称道的悔改热情，所以一看见帕斯卡尔拔腿就跑。帕斯卡尔根本无法追上他。当然，帕斯卡尔的性子有点急，喘过气来之后，就骂那位游客。这小子忘恩负义，居然不给他面子，不让他公开赔礼道歉。安东尼娅还很清楚记得他当时的原话。这个故事的结局尽管有点令人失望，但却可从中看出帕斯卡尔的善良。

安东尼娅后悔离开了他，正要给他回信说她当时疯了，现在还想跟他在一起。她任凭自己无助地飘进太空，危险地靠近那颗遥远的大星球，滑入引力场的极限处。她想象帕斯卡尔又回来了，他们久久地拥抱着。早上醒来的时候，她似乎感受到他在凌乱的床上躺在自己的身边。她久久徘徊在这个形象上，试图让每个细节更精确细致，直至精确度足以打破谎言的魅力。此时安东尼娅会睁开眼睛，发现他就在那里。但酣畅的小聚过后，翌日清晨，她就会明白，她再次陷入好不容易才逃脱的陷阱，一切都将重新开始，事情并不会像她刚才所想象的那样温情，而是又和从前一样，充斥着同样的无情、有毒和真实得可怕的怠惰。她会为他准备咖啡，但会突然被带回过去，像流沙一般陷入痛苦的焦虑之中。这不能再发生，绝对不能发生。再次见到他时，她应该抗拒，警惕自己，不要依赖动荡不定的清醒。不，她显然不能指望自己。无论下多大的决心都敌不过自己的心猿意马。她还需要另一样东西，却不知道是什么。

那天晚上，她和报社的同事到港口一家钢琴酒吧喝酒，在那儿接受了一个从未听说过帕斯卡尔的家伙的追求。他把她带回了家。她很好奇终于可以触摸另一个男人的皮肤，但结果非常令人失望。她正要穿上衣服，他让她留下跟他过夜。"我才不呢！"她回答说。两周后，她回到村里，大家都害羞地跟她打招呼。显然，帕斯卡尔从监狱里捎出了口信，没有人想和他唱反调。玛德莱娜，接着是莱蒂西娅，她们到酒吧的露台来找她，满脸的羞愧和尴尬。

"听着，安东尼娅，真的，我……"

安东尼娅倒是很宽宏大量，不想让她们蒙羞道歉。

"谈点别的事情吧。坐吧！"

她们坐了下来，但谁也不说话。安东尼娅微笑着，虽然某些东西已经彻底毁了。在某种程度上，她很可怜玛德莱娜，因为她没有自己真实的情感，只会随大流或遵守命令，她打心里鄙视她。这倒没关系。毕竟，无论朋友还是家人，选择的余地并不多。西蒙为大家的和解感到宽慰，他的出现使气氛更加轻松了。他们分别点了饮料喝。玛德莱娜和莱蒂西娅重新变得和蔼可亲，真诚得可怜，因为这种真诚不容置疑。安东尼娅或许更喜欢她们的虚伪。西蒙说他过几天要去阿雅克肖，故作超脱地向安东尼娅建议他们到时可以一起喝一杯。

她饶有兴致地看着他。

问题的解决方案现在就摆在她面前。不是一个朦胧模糊的想法，而是一种简单的、不可原谅的、明确的行为。她应该和西蒙睡觉，一次就够了。如果她能做到，她就能在她和帕斯卡尔之间筑起一座难以逾越的墙，甚至不必告诉他，因为这有可能会残酷地伤害他，并看到他完全从自己的生活中消失，这是她最担心的。他只需知道她做了什么，知道她抵抗了，尽管诱惑力很大。事实上她根本就不需要抵抗，因为任何回头的可能在客观上都将不复存在，而且，西蒙肯定也不会对他说什么。剩下的就是说服西蒙，而这在安东尼娅看来，不应存在什么难以克服的困难，欲望和忠诚之间的斗争结果往往一看便知。

"这是一个非常好的主意。你到了阿雅克肖就给我打电话吧。"她对西蒙说。

当然，他打了电话给她，两人约好一起吃晚餐。安东尼娅把他带到了一个歌舞厅，在那里不可能出现碰见喜欢散布谣言的民族解放阵线活动分子的危险。半夜3点，西蒙送她回家。

"你想上去喝一杯吗？"

他一脸震惊。

"什么？"

"你想上去喝一杯吗？"她不得不再重复一遍。

"哦，我还是不上去了。"他说。

"为什么不呢？这有什么问题？难道咱们不是朋友？"

他虽然表现出很尴尬的样子，但最后还是同意了。

她挽住了他的胳膊："既然咱们是朋友，那就上去喝杯酒吧，我一点也不困，不想独自喝酒。"

也许西蒙在上楼梯的时候相信了她说的话，她只是想和朋友喝杯酒，而且不会故意让他处于难堪的困境之中。然而，他们一进了门，她就扑到他的怀里。他惊恐万状地把她推开，这让她非常生气。这么看来，忠诚有时还是会强于欲望的。安东尼娅认为这几乎是前所未有的事。这是众所周知的事，"但对我来说，这一定要发生，因为我是帕斯卡尔的女人。"安东尼娅心想。因为帕斯卡尔，人们对她产生欲望，也因为帕斯卡尔她遭到了拒绝，她为此感到羞辱和愤怒。她把自己制订的计划完全抛出了脑后，也忘了如果没有帕斯卡尔，她永远不会把西蒙带到她家。她平生第一次对那个曾经占据并继续占据她整个生命的人萌生出一股仇恨，因为她被人视而不见了，"为什么？"她问西蒙，"为什么？"

"难道你不想？"当她问这个问题的时候，她意识到自己有多么想。但西蒙朝门口退去。他摇着头，身子在发抖，"我当然想，但不能这样做，天哪！你知道我不能这样做。""为什么？"安东尼娅喊道，抓住他的肩膀，抱住他的脖子，然后捧着他的脸，"我喝得太多了。"她想。但她想让他看着她，让帕斯卡尔留在房间里的阴影全都消失，好让西蒙能看见她，只看见她，这就是她想要的一切。他终于看到了她。

第二天早上，当她醒来时，西蒙像个婴儿似的蜷缩着躺在她身边，哭得像个孩子。她试图安慰他，紧紧地搂着他，吻着他的额头、肩膀和脸颊，想表现得贞洁和富有同情心，可仍为昨夜摄住她灵魂与肉体的未知快感而颤抖。她越亲吻西蒙，她的吻就越困惑、越执着、越深不可测。她把他转过身来，让他仰躺着，俯在他身上。当他挽起双臂时，眼睛仍然湿润，但不再哭泣了。

他们整个上午都待在床上。西蒙去洗了个澡。当他走出浴室时，安东尼娅赤身裸体地在点香和蜡烛。他觉得她特别美。她在火焰上方对他微笑，火焰优雅地舞动着，就像今天葬礼上的蜡烛，只是这次没有照亮任何笑容。虽然西蒙用尽全力盯着火焰，安东尼娅的脸庞并没有从中出现。她的心里并没有充满爱，这不是真的，虽然他的教父努力相信这一点。总之，她对西蒙并没有充满爱。自1989年4月的那天晚上他们一起过夜后，她就一直鄙弃他。

那天，他回到村里，整个人处于恍恍惚惚的状态，最纯粹的幸福与难以忍受的懊悔痛苦地交织在一起。他因背叛朋友而痛苦，这对他来说太沉重了，以至于连爱都无法拯救他。但爱情至少可以提供一个解释，因为这毕竟就是爱情，他确信很快就能再见到安东尼娅。他等她打电话过来，但她却没有打。他终于按捺不住，拿起电话打给她。她用一种轻佻的语气回答他，好像什么都没发生过一样。他仿佛觉得坠入了深渊。没有爱，一点儿爱的痕迹也没有。他背叛了他最珍贵的东西，不过是为了做爱。这个想法让他难以忍受。他不敢看镜子里的自己。他经常半夜醒来，咬着拳头。他不再给安东尼娅打电话。在村里碰见她，她居然丝毫没有显出跟他在一起不舒服的感觉。他甚至怀疑自己只不过是做了一场梦而已，如果有这种可能的话，他宁愿相信它，这样子他就能从中完全解脱出来。

6月，她叫他来阿雅克肖看她。他以为她会向他解释一切，但她只是再次满怀激情搂住他的脖子，他只好又屈服了。"你要知道，我太想你了。"她脱掉他的衣服，不让他睡觉，然后抚摸着他的脸，他感到她的指端轻柔地抚摸着他的眼睑。后来，整个夏天，她都没有给他任何信息。这简直不可思议。然后，9月底，她又给他打了电话。那时民族主义运动风起云涌，发生了第一次内部分裂。西蒙大部分时间都泡在政治会议上，但还是去看她了。这一次，他问她："你为什么这样对我？"她一副非常抱歉的样子。"西蒙，你知道我很爱你，你至少知道这一点？"

不，他不知道。安东尼娅的教父抛弃他的母亲时，简直就像是抛弃一头生病的野兽，却美其名曰去侍奉一个根本不存在的上帝。想必他母亲也不知道这个家族的成员究竟如何确切地理解"爱"这个字的，竟然还会加上一个副词以表示强调。"我真希望这些事情没有发生。"他告诉安东尼娅。但事实并非如此，即便在今天，纵然痛苦不堪，虽然一切都一团糟，虽然背叛了同伴，虽然害怕被人发现，他仍然看到真实的自己。

1990年欢迎帕斯卡尔出狱的时候，他的身子像一片叶子那样颤抖不已。就在他为之献出生命的运动组织最后爆炸性分裂之前，他看到自己满怀焦虑地看着帕斯卡尔的脸。帕斯卡尔朝他微笑着，拥抱着他说，"哦，我的西蒙！"他看见自己在路边呕吐，也看到自己在不到两个星期之后脸埋在安东尼娅的双腿之间，像犹大那样怀着同样绝望的贪婪，伸手接过区区30块钱，然后很快又将其撒落在自己将要上吊的树根下。

他没有去上吊，但背叛感却继续像溃疡一样折磨着他。1991年的某一天，经过几个月徒劳无功的会议，友谊变成了无法抑制的仇恨。狂热分子站在椅子上相互谩骂侮辱，以死亡威胁，而此刻安东尼娅正在南斯拉夫拍摄战争场面。帕斯卡尔对西蒙说，"这一切都将结束，结局将很可怕，我们必须一起去经受这个结局"。

他目光茫然若失。"还有一件事我们必须共同分享。但我们已经分享了很多，对吧？"他死死地盯着西蒙的眼睛，持续了很长时间，以便明确表达自己的意思。他的目光直射西蒙的内心，西蒙感到心虚窘迫，他自己石头般僵硬的脸上也绽开了笑容。

他居然知道这事儿，天晓得他是怎么知道的，而西蒙刚刚获得了最洒脱的赦免，只能以沉默来回应。"哦，我的西蒙。"帕斯卡尔低声说，然后视线转向别处。

长时间杳无音信之后，安东尼娅继续打电话给他，但从不说明理由，也毫不掩饰。1993年，当她告诉他决定做人工流产时，他抗议说他不同意，应该两人商量好再做决定。但她告诉他，这事儿跟他毫无关系。他回答说，要是这样的话，她在他眼里就将不复存在，他不想再见到她了。

不过，他又回来见她了。他进入她的身体，就像浸入复活的水中。如果她没有死，他肯定会不断地去见她，而且永远不得其解。1989年11月，他又去了她家。那时，民族解放阵线内部的第一次分裂一个月前就发生了，当时没有任何人知道是否还会发生第二次分裂。他跑来向安东尼娅抱怨。安东尼娅站起来，赤裸的酮体被烛光照亮，西蒙看到她，惊愕得喘不过气来。"等一下。"她说。她走过去在抽屉里搜索，然后回来靠近他盘腿坐下。

"我一个月来都在忙这件事情。这是新运动组织成立大会的照片。你看，我在那里。"

西蒙看着照片，认出了他的老朋友们。她递给他另一张照片。

"这是一周前的柏林。"

照片上，一部分墙被凿开并向前推倒。透过裂口，可看到三个年轻的边防卫队警卫站在东侧。热拉尔·马里的照片是从西侧拍摄的，中间有一大群人在骚动，其中可见数十个摄像机和眼镜蛇闪光灯①。年轻的卫兵在倒塌的墙后面显得很落寞，看起来并不快乐，只是惊愕，一脸狐疑。

"你看到了吗，西蒙？"

西蒙点了点头。

"这就是世界上正在发生的事情。我的意思是，除了你们在校园里鸡毛蒜皮的争吵之外。这张照片，当然不是我拍的，你也很清楚。我嘛，我拍的全是他妈的那种大会的照片，50多个人成立一个党派，大家躲在一个脏兮兮的大厅里，还说这就是历史大事。"

她再一次对他表现得很凶，但也许更多是针对她自己。这是她第一次跟他谈到自己很关注的话题，即使西蒙并不知道这事。他只记得她光着身子，在他眼前挥舞着那张照片，而烛光在床头柜上摇曳。他记得她还

① 一种类型的闪光灯，可像眼镜蛇那样来回旋转，故名。

活着。如果他伸出手，他就会碰到她的肉体，而不是棺木。在葬礼弥撒的所有歌曲中，《圣哉经》是唯一歌词没有被更改的歌曲，因为它讲的不是人，不是他们的生死问题，而是天主，是军队之神。

你的光荣充满天地。

她用食指的指端抚摸着他的眼睑。西蒙望着蜡烛舞动的火焰，依然想寻找安东尼娅的笑容。他闭上了眼睛。今天唱的弥撒曲，犹如几个世纪前在科西嘉岛中部的一个小村庄中所唱的那样，不变的不仅是《圣哉经》的歌词，还有它的旋律。闭上眼睛听，我们无从知道，眼前的弥撒，是为了死者，还是为了生者。

第九章
主祷文

（科西嘉民族解放阵线新闻发布会，
塔维拉，1990年）

1990年8月，正当伊拉克军队入侵科威特、南斯拉夫开始血腥的瓦解时，安东尼娅来到阿雅克肖以南约50公里的袭击现场。一个海滨度假胜地已被炸毁，但有一些炸药还没有爆炸。几栋建筑物完好无损，其中一栋贴满告示，科西嘉民族解放阵线突击队成员用大写字母警告，以防冒失的围观者走近随时会发生爆炸的现场。在一面墙上，一个富有创意的活动分子还心血来潮，在秘密组织的缩写名称外面画了一朵硕大而稚气十足的花，还有一个圆形的炸弹，上面拴着一根冒烟的导火索，正下方写着："维显（危险）地晶（地雷）！"这证明其作者无论是画画或拼写都缺乏才气。那并不是注意力不集中而引起的错误，因为同样的题字和图画在其他几处地方都能见到。安东尼娅拍下了画有图案的墙以及背景中成堆的瓦砾。

第二天，照片刊登在报纸的头版上。

照片发表后几个小时，安东尼娅接到了帕斯卡尔的电话。

"我得见你一面。我在酒吧，就在楼下，我等你。"

她刚到酒吧，他就对她发泄了心中的不满，怀疑她是故意让他们难堪。"你就不能拍点别的照片吗？"她难道没有意识到她拍的这些照片，会让别人以为他们是蠢货和文盲吗？

"我不知道写字的家伙是不是个蠢货，但可以肯定的是，他一定是个文盲，这没办法。"她还补充说，"突击队的负责人，无论他是谁，把抄写工作交给这个文盲，实在是很不明智。"

"那些墙本来不应该还立着的！"帕斯卡尔抗议道，"你想我怎么能考虑得那么周到？而且，任何白痴都会写几个字吧？总不能派他们做事前还要先让他们考试吧！"

"那朵花呢？"安东尼娅问道。

"我可没注意，"帕斯卡尔承认道，"我还有别的事要考虑。而且，我再说一遍，那堵墙，本来是要被炸毁的。那狗日的泽维尔被我臭骂了一顿，真的。"

安东尼娅笑了起来，但帕斯卡尔没笑。这确实没什么好笑的，只是她没有意识到。气氛很糟糕。"我们面临着巨大的分裂，比上一次严重得多。上帝才知道结局是什么。当然，一切都是另一方的错，他妈的，那群骗子、墙头草、懦夫，什么都干得出来。眼下这个关头，他们肯定对着你送给他们的意外礼物喜出望外。"帕斯卡尔补充说，"本来他们才是真正的蠢货！他妈的，泽维尔这个蠢驴！我应该狠狠地揍他一顿！"

帕斯卡尔看上去筋疲力尽，发红的眼睛下黑眼圈变得更深了。安东尼娅为他感到难过。她无法对他的感受无动于衷。

"这一切不会让你厌烦吗，帕斯卡尔？"

"当然很烦，"他说，"但是，我该怎么办？我总不能让这些混蛋把20年的斗争都搞砸了吧？"

安东尼娅不禁想到，同一时刻，在另一个阵营中，一个眼圈和帕斯卡尔一样黑的人肯定也在想完全相同的东西。这太荒谬了，但她什么也没有说。

"你呢，你好吗？"他问。

"挺好的。"她说，她其实在撒谎。

基督亲自教导门徒祈祷时，曾说："饶恕我们的过犯，如同我们饶恕别人的过犯。"然而，礼拜仪式的拉丁语文本所保留的希腊语原文，应该这样来翻译："免我们的债，如同我们免了他人的债。"这种明目张胆的歪曲或许可以解释为，我们对上帝如此低下地沉迷于肮脏的算计会感到厌恶。不过这其实并不重要。那些祈祷者把罪当成债看待：他们饶恕的罪并不比他们宽免的债多。

安东尼娅与帕斯卡尔交谈时，两个阵营的人正在债书上一丝不苟地写下对方的每一次冒犯，每一次过错，每一句侮辱的话，每一个威胁，所有这些都等待日后的偿还，要连本带利，血债血还。

1990年10月，科西嘉民族解放阵线通过其常规的请愿渠道，通知新闻界将在塔维拉村附近举行新闻发布会。安东尼娅与其他记者一起坐面包车前往现场，车里没有一个人跟她搭话。在场的活动分子人数非常多，令她惊讶不已。整个秘密组织的成员似乎都到齐了。牛仔裤、迷彩服和蒙面羊毛风帽曾赋予新闻发布会一抹乡村浪漫色彩，而这一切现在都消失了，取而代之的是黑色的拉链套装和摩托车头盔，看起来像是具有硕大荧光眼睛的爬行动物光滑的脸被遮住了。

安东尼娅站在电视台摄影组的投影仪旁，等待坐在桌子后面第一排的组织发言人开始宣读新闻稿。在第三排端头，几乎就在她正对面，一名活动分子向她奇怪地挥了挥手，仿佛在打招呼。她仔细盯着他看，他又再次挥手。她首先想到了西蒙，但不像是他。发言人没有煞费苦心地伪装自己深沉悦耳的声音，在他念稿子时，安东尼娅拍了几张照片。发言结束后，她的视线又回到了那个活动分子身上，仔细观察他。他手持着一支猎枪，腰间别着一把没有枪套的手枪，束在连裤装的腰带里。

安东尼娅认出了这把手枪的款式。

这是一支鲁格P08手枪，跟她曾祖父1919年从德国带回的那支手枪一模一样。曾祖父把这古董存放在壁橱里，上面盖着一叠床单，旁边放着樟脑丸袋。某位活动分子也拥有这种手枪，这并非完全不可能，但还是让人觉得奇怪，尤其是这位活动分子不断地向安东尼娅打招呼。她最后认定站在离她几米远被忍者连裤服裹得紧紧的人只能是他的弟弟马克–奥雷尔。

"哦，这个混蛋！"她想道。不过马克–奥雷尔并不是她愤怒的对象。

第二天天一亮，她就跳上车去村里找帕斯卡尔，发现他还躺在床上，这并不奇怪：从塔维拉回来大约要两个小时的车程，他肯定很晚才睡觉。

"你居然招募了我弟弟！"安东尼娅怒吼道，"你没有权力这样做！"

帕斯卡尔当时睡眼惺忪，无法找到有效的措辞来平息安东尼娅的怒火。他没有试图否认，却辩称他只是屈服于马克–奥雷尔的一再哀求。这种说辞并没有达到预期的效果。"你本来就不应该屈服！"难道他真的会屈服于像马克–奥雷尔那样的年轻人？这些年轻人被这种荒谬的神话所诱惑，却根本不了解其中的真正含义。她逼迫他说出马克–奥雷尔的唯一优点，一个使他不得不招募他的品质！他接受过突击队训练吗？他是优秀的政治思想家？火药爆炸专家？杀手？"你说呀！"她吼叫着，"你说呀！"

"你不要那么担心！"帕斯卡尔一边穿衣服，一边试图让她平静下来，"马克–奥雷尔不会有危险的！"

"他不会有危险？是你自己告诉我情况变得非常危急！你自己告诉我结局会很糟糕！如果他被关进监狱怎么办？马克–奥雷尔可不像你，他心肠太好，他很软弱，绝对受不了监狱的煎熬。"一想到自己的弟弟坐在监狱的床垫上，想到牢房走廊里回响铁锁的锒铛声和钥匙的叮当声，她就哭了起来。

帕斯卡尔叹了口气，犹豫了一下，强迫她坐下之后，对她说："你听着，他确实不会有任何危险。我给你解释，但你得保证不告诉任何人。"

"难道我以前泄露过什么风声吗？我知道不少事情，甚至知道太多了，一些我不应该知道的事情，一些我不想知道的事情，但我从来没有四处乱说。"

他解释说，新闻发布会的真正目的，是将所有敌人都排除在外：敌人控制的科西嘉民族解放阵线区域没有获得通知，而且也没有常规的请愿渠道，他们今天早上将在报纸上得知新闻发布会举行的新闻。在敌人缺席的情况下，当然要招募很多人，把各排位置坐满，凑足人数。马克-奥雷尔扮演了群众演员的角色，他很高兴，这对运动也有用，但不需要再做任何其他事情。帕斯卡尔向她保证，他绝不会参加任何袭击活动，也不会去征收革命税，"我们会时不时让他出席在野外召开的小型会议，仅此而已。"他告诉安东尼娅真的不用担心。

"我弟弟知道这一切吗？他知道你为什么招募他吗？"

"当然不知道。"帕斯卡尔承认道，眼睛看向别处。

"这真的太恶心了，你没有什么值得骄傲的。"

"你永远都不满意吗？"帕斯卡尔无精打采地问道。

安东尼娅没有回答，径直回到父母家。马克-奥雷尔正在吃早餐。她把他抱在怀里："你要自己保重啊。"他刚满18岁，特别开心。"那你看见我了吗？"安东尼娅更紧地拥抱他："是的，我看到你了。你得自己小心啊！"

在接下来的几周时间里，被排除在外的另一个阵营的活动人士在塔隆卡举行了新闻发布会。这次媒体是通过老派的请愿渠道召集而来。显然，科西嘉民族解放阵线的这个分支也自称是唯一合法的分支，比竞争对手拥有更多的成员。安东尼娅意识到他们刚刚进行了另一次野蛮的招募，这就像一个比控制无限集还神奇的数学奇迹，虽然阵线组织一分为二，人数却增加了一倍多。

情况一天天地变得更糟。

11月底，常规派的活动分子浩浩荡荡，全副武装来到了巴斯蒂亚，把所有能用于制作民族主义报纸的设备器材装上车，转移到阿雅克肖。这些设备包括电脑、照排机和办公桌，恰好是老派活动分子觊觎的设备。整整一个小时，两个小组手持武器，在深夜里的市中心针锋相对。

大约半夜1点，安东尼娅的电话响了。是西蒙打来的。安东尼娅起初以为发生了什么可怕的事情。他从来不主动给她打电话，平常总是她打电话过去。

"西蒙，你没事吧？告诉我一切都很好！"

他很好。他不停地道歉。他从巴斯蒂亚来，想找人说说话，不，他想找她说话，只跟她说话。他能来看她吗？她回答说可以，她等他。十分钟后，他来了，样子很可怕。他取下弹匣，将枪管中的子弹取出后，把柯尔特45自动手枪放在桌子上，告诉她刚刚在巴斯蒂亚发生的事情。他觉得，几个月来一直在深渊中难以察觉的下沉，现在触底了。他们从科西嘉各地赶赴现场，找到了向他们求援的巴斯蒂亚盟友，当时他们正躲在报社总部自卫，另一方的武装分子在围攻他们。西蒙说，"但我们的人数比他们多得多。这简直太不可思议了。"

他和让-约瑟夫站在街角，拿着手枪，已经上好了膛。一位老太太经过，以为他们是警察，她怎么能相信没有警方干预呢？让-约瑟夫让她别担心，他确实是一名警察，甚至还是警长。"太太，别担心，我们掌控着局势。我们会让那些暴徒都冷静下来，您不会受到任何干扰。"老太太进家门的时候，向这位勇敢的男孩露出了欣慰的笑容，并慈爱地拍了拍他的脸蛋。西蒙继续说，"我们开始装载器材，其他人站在人行道上，没有动弹。我们朝对方喊，如果他们中有人朝前走一步，脑袋瓜就会吃上一颗子弹。我们根本不把他们放在眼里。他们能把我们怎么办？起先，我很开心。强势总归是好的。可现在我却觉得很恶心。"安东尼娅觉得自己又错过了一次拍摄精彩照片的难得机会。在那关口，她竟然跑去给地区政府做拍摄报道，这简直是一个诅咒。

她说："你去之前应该打个电话给我，我本来可以跟你们一起去的。"

西蒙对她的评论没有反应。几个月来，他一直在努力确保一切都不会崩溃。当他遇到来自另一阵营的熟人时，他假装什么事儿也没有，觉得政治见解分歧不会改变个人的任何东西。这显然是很愚蠢的，因为他们的分歧根本就不是政治性的，所以当他伸出手来，他就像白痴一样把手停在空中，而对方却对他报以充满仇恨的目光。他反过来也感受到一种仇恨，他原先以为是自己兄弟的人现在却拒绝跟他握手。他恨不得把手枪塞进那些人的口中，顺势把他们的牙齿敲碎，因为他多年来以为坚如磐石的兄弟之情，其实只不过是沙子，是薄雾，甚至连薄雾都不是，什么都不是。今晚，在巴斯蒂亚，他们情不自禁地用各种脏话羞辱对方，当时确实觉得很爽，显然这是一个错误，因为羞辱的污点永远不会消失。在总账上他们都欠下了一笔可怕的债务，这笔债是迟早都要偿还的。"最重要的是，"西蒙总结道，"最关键的是，我不由自主地想知道剩下的友谊还有什么价值。或许一钱不值，只不过是一摊狗屎而已。"

"起来！"安东尼娅命令他说。

她把他推到床上，他摇晃了一下，安东尼娅爬起来跨坐在他的肚子上，脱下自己的白色T恤睡裙。

"我不是为这个来的。"西蒙伤心地说，用手背轻抚她裸露的乳房。

"我知道。"安东尼娅回答说，她俯下身去亲吻他。

时间在流逝，西蒙担心的悲剧没有发生。双方都只停留在相互谩骂、竞相举办新闻发布会和单调的袭击竞争上。那个时期，安东尼娅几乎有点失望，她因为这种想法感到很惭愧。

1991年1月，一连串导弹暴雨般在伊拉克上空降落，暗绿的灯光照亮了每家每户的电视屏幕。嵌在美国战斗机驾驶舱中的摄像机拍摄了错综复杂的操纵杆和指示器网络，恍若与模拟器或视频游戏里的画面同出一辙。当轰炸目标在短暂眩光的沉默中爆炸时，录音机录下了飞行员的咒骂声和疯狂的欢呼声。死亡在虚拟世界的无害空间中模糊并消失。该看的东西什么都没有出现。美国人不会重复20年前在越南战争中犯下的错误。任何一位将军都不会看到自己的生命会像被他击毙的那个人一样戛然而止，因为就在他扣动扳机的那一刹那，艾迪·亚当斯按下了相机的快门。一名士兵在越南春节的攻势中注视着美杜莎的眼睛，他纹丝不动地坐着，双手紧握着突击步枪，静止得如此完美。在唐·麦库林连续拍摄的5张照片上，他的表情都没有发生任何变化，甚至连眼睛都没眨过一下，就好像他已经变成了一尊雕塑。

安东尼娅坐在电视机前，感慨自己生不逢时，毕竟过去总是比现在更容易解读。在她看来，她所熟悉的一切，正因为熟悉而显得微不足道、毫无意义。她无法再以敏锐的目光捕捉她周围的事物和人，而西蒙此刻的绝望，虽然她并没有低估他的深度或诚意，却似乎并不比敏感青少年的生存焦虑更值得关注。8月，她从国际版上的一篇非常短的文章中了解到，在一个她从未想过、不久后将不复存在的国家里，一个她不知道名字的城市刚刚被戒严。该城市名为武科瓦尔，虽说位于欧洲但似乎不足以引起记者的好奇心，更不用说普通大众了。

安东尼娅一直想当一名真正的摄影师，现在她认为等待已久的时机终于到了。在南斯拉夫，战争还没披上数字化华服。她请求报社高层派她去现场拍摄，带回完整的系列报道照片。她的请求自然受到了众人的嘲笑。她在一家地区性日报社工作，这是一个不争的事实，他们的任务不是花一大笔钱派摄影师到全世界，去报道当地读者毫无兴趣也无法理解的战争冲突。安东尼娅最好还是集中精力做好下周要发表的夏季大型专辑《喜气洋洋的村庄》。

短暂的沮丧之后，她意识到自己要去的话根本不需要报社的同意。她可以申请休假，可以自费去。必要的话，她可以向教父要钱。凡事总得有个开头啊！她崇拜的许多摄影师肯定在她之前就出发了，出发前也没有任何人担保愿意购买他们的照片。她是完全自由的，如此显而易见的事情，她现在才意识到。这表明她的智力和意志已经因为平庸、放任自流和墨守成规而退化。

回到家里，她在饭桌上宣布了自己的决定，这犹如引发了一场地震，主要表现为她母亲的哭泣和吼叫。本可以在家里衣食无忧，为什么要让自己被一群嗜血成性的野蛮人杀死呢？面对宠爱和保护自己的父母，怎么能如此忘恩负义，让他们在焦虑中惶惶不可终日呢？马克－奥雷尔试图支持她，说道："安东尼娅，我觉得你想做的事挺好的，你很勇敢。"但他的话立刻遭到了彻底、明确的否认，承受着被所有人鄙视的无形压力，他只好一声不吭了。安东尼娅据理力争，但没有人听得进去，她只好放弃了解释。

"妈，你说什么都没用，我是不会改变主意的。我是肯定要走的。我只是来告诉你们，不是跟你们商量。"

安东尼娅的母亲躲进自己的房间，她叫嚷着说从此不认这个女儿了，甚至一个孩子也不认了。她一边说，一边看着马克-奥雷尔。马克-奥雷尔谨慎地一言不发。

她父亲说："别担心，你知道，她总是夸大其词，什么都往坏里想。"

"我知道，爸爸。"安东尼娅回答道，但没有指出，在这种情况下，使用"夸大其词"这个动词是"太过分"的委婉说法。

"但也许你可以再思考一下？"他满怀希望地问道。

安东尼娅慢慢地摇了摇头。

"可是我已经想过了，我这么多年都待在这个破地方，都快腐烂了。我已经考虑很久了。"

父亲不再试图劝她。

"我去看看你的母亲，想办法让她冷静下来。"

安东尼娅和马克-奥雷尔以及她的教父一起坐着，对着盘子发愣，教父一直没有开口。

安东尼娅问他："你怎么看？"

　　他这辈子从来无法指责她，这次依然没有违背规则。他尊重她的决定，认为这对她来说非常重要。也许她也以自己的方式感受到了某种召唤。有些召唤只能去响应。当然，他也害怕，非常害怕，但他会祈祷，全心全意地祈祷。安东尼娅开玩笑说，他的祈祷不一定有用，上帝显然不是很在意或者说偶尔在意那些祈祷。他试图和她一起笑。

　　"无论如何我还是会祈祷的。"

　　他祈祷了，每天都在祈祷。安东尼娅毫发无损地回来了。也许他过多地请求上帝让她活着回来，而没有请求上帝也保佑她的灵魂。他是否忽略了最重要的部分呢？他每晚都背诵上帝亲自教导他们祷告的最后一句——将我们从罪恶中拯救出来。但他是否真的想到了安东尼娅？他记不得了，但即使他这次真的这样做了，上帝也没有让他如愿以偿。

第十章
羔羊经

（南斯拉夫人民军士兵枪击猪群，
东斯拉沃尼亚，1992年）

1991年11月初，安东尼娅抵达贝尔格莱德，她在莫斯科酒店预订了一间房间。穿着条纹背心的服务员右手托着装满饮料和奇特糕点的托盘，摇摇晃晃地穿梭在酒吧宽敞的大厅里，厅里的软垫长椅铺着英式风格的奶黄色和绿色的布料。刚到第一天，安东尼娅就沉浸到一种异国气氛之中，不知道自己是着迷还是恐惧。

她是来拍摄战争照片，记录这里发生的事情的痕迹的。

她来这里也是为了体验另一种不同的生活。

而眼下，在莫斯科酒店的酒吧里，只有对这种新生活的陌生感才重要。安东尼娅无法相信在距离不到150公里以外发生的战争，只有外国记者不寻常的到场才能证实这一假设的现实。

怎样才能走近战争呢？通过哪种方式？是否有一个关闸，一道边界，一扇门，跨越之后便可进入其官方领土？

她带着相机离开了酒店，沿着指示卡莱梅格丹公园的方向牌往前走。寒风刺骨，让人恍若身处异乡，她走过了法国纪念碑，从堡垒的墙壁上，拍摄了多瑙河和萨瓦河的交汇处。她转身往回走。四处耳边回响着她平生第一次听到的斯拉夫语言的声音。在圣马克教堂，一名男子站在圣像前。在每根点燃的蜡烛上，他都跪下画十字，一只手放在地上，仿佛要将他以指尖在空中画下的十字架的脚插入地中。

她回到了酒店的房间，写信给她的教父："我首先看到了圣像和一位皇帝的陵墓。"

她再次回到酒吧，独自坐在一张桌子旁。或许是她那茫然若失和缺乏经验的样子激起一群兴高采烈的记者的同情，他们向她示意请她加入他们的队伍。她急忙走过去，动作快得有点缺乏尊严。对话用的是英语。她惊愕地发现自己几乎什么也听不懂。

她怎么竟然就这么来了，事先根本不考虑自己是否能听懂别人说的话，也不想想别人能否听懂她说的话？

有人替她点了杯梅子白兰地，烈酒烧灼着她的喉咙和胸腔。坐在她对面的一个40多岁的摄影师起身绕过桌子，坐到她身边。他是法国人。她平生中第一次只因为对方是法国人而想亲吻他。他给她讲了一些自己从贝鲁特、金边或德黑兰看到的残酷和动人的故事。喝到第四五杯时，安东尼娅发现了梅子白兰地有奇迹般的语言功效：她回想起了她以为永远消失的高中英语课。从身边模糊不清的嘈杂声中，跳出了越来越多她可以听懂的语句。法国人告诉他，他打算第二天早上去武科瓦尔。她问是否可以跟他一起去。

他回答说："我可不想当保姆。"

安东尼娅不敢再跟他说话。可怎么才能走近战争呢？

晚上，她遇到了一位意大利女记者，可以用科西嘉语跟她交流。她们睡了几个小时之后，拂晓时一起离开了贝尔格莱德。安东尼娅首先听到远方传来的爆炸声，并看到了南斯拉夫人民军的第一批炮兵。她们驱车经过武科瓦尔前往奥西耶克附近的前线。天空碧蓝，清澈无比。

一群士兵一边吸烟一边喝着李子白兰地。300米开外，安东尼娅看到两具黑乎乎的尸体躺在草丛中。一名士兵走近她，用英语跟她说了两个单词：克罗地亚人、逃兵，并做出无可奈何的手势。她一下就听明白了。安东尼娅走近两具尸体：第一具面朝地倒下；第二具侧身躺着，手臂往前伸直，手掌向上张开。他们的迷彩服背部和胸部都浸满了血。她看到他们手和脚都被子弹射穿了。

"就像基督身上的伤口一样，"她写信给她的教父时这样说道。

她躺在草地上，拍了一张手的特写，手掌向上张开，手指僵硬，伤口洞开，指甲下面是大地。

没有什么比走近战争更容易了。

半个月后，她在武科瓦尔遇到了德拉甘。关于这一点，他比她知道得早。早在1991年5月的一个晚上，他来服兵役的军营报到时就知道了。他是和哥哥一道离开伏伊伏丁那的，哥哥一再坚持要把他送到克罗地亚。前一天晚上，朋友们喝酒为他饯行，他和哥哥当时喝了很多酒，两人都头痛舌燥，只好试图通过抽大麻和听震耳欲聋的音乐来等酒劲过去。穿越第一批克罗地亚村庄时，他们看到一群男子手持步枪盯着他们的车经过。他们得出结论，克罗地亚人酷爱狩猎。看到方格徽章，他们立即想起乌斯塔沙。

他们在城里游荡，寻找军营。大麻让他们迷了路，没有意识到仍紧盯着他们的戒备目光。在一条街的拐角，他们终于看到了大门紧闭的军营。哥哥按响喇叭。大门开了，一个士兵从门缝中探出头来。

他看了一眼车牌，马上大叫起来。难道他们发疯了吗？怎么能开着一辆挂着伏伊伏丁那车牌的汽车到处瞎逛呢？他们想让自己的脑瓜中枪吗？"快进来。我们给你们开门！"

德拉甘回答说，他服了4年的兵役，宁愿去死也不愿回到挤满混账士兵的军营里。

"那你他妈的给我滚开，王八蛋！"那个士兵大声吼道。

德拉甘取下行囊，和哥哥拥抱告别。哥哥透过敞开的车窗，庄严地向大兵竖起中指，说了声"去你妈的"。

德拉甘在军营里闷了一个月。他已经被卷入了战争，但自己还不知道。

5月19日，虽然塞尔维亚人拒绝参与，但全民公决投票，绝大多数人都同意克罗地亚独立。

克罗地亚的高官和应征入伍者接二连三地逃离，以回应外面不停地要求他们出场的声音。马其顿人也当起了逃兵，不愿陷入这场跟他们越来越没有关系的冲突。斯洛文尼亚人早就溜之大吉。显然，维护南斯拉夫的统一对任何人而言都不再是议事日程。在服兵役的18个月里，德拉甘一直搞不清开战的公开或隐藏的目的。然而事态已开始明显恶化，变得非常糟糕，且恶化速度越来越快，所有事情都混淆在一起。1912年，1934年，1943年，长期闭口不谈的往事浮了上来，污染了现在，亚塞诺瓦茨的乌斯塔沙，处处是刀具和锯子，游击队员，切特尼克①长长的头发和胡须。

6月初，局势变得无法忍受。兵团的残兵败将被迫离开军营，撤退到东部。

6月25日，克罗地亚宣布独立。

---

① 二战时期活跃于南斯拉夫的抗德武装部队。

7月，德拉甘所在的军团占据了斯洛文尼亚的一个村庄。克罗地亚人近在咫尺，彼此能听得见声音。双方阵营都没有采取特别的预防措施。开战规则不是很明确，任何人都不举枪射击。士兵们在两队之间前进，与对手进行讨论。一切恍若虚幻。几个星期后，他的一个战友被子弹击中肺部，打着嗝，嘴里冒出粉红色的泡沫，已经喘不过气来。德拉甘跪在他身边，不明白为什么一切都突然变得如此糟糕。一连串微小而致命的步骤，使他毫不费力地从伏伊伏丁那的节庆晚会走到现在这条路上。他现在知道，当他在军营门口告别哥哥时，他已经卷入了战争。没有什么比这更容易的事情。

8月，随后是10月，他先后参加了两场肉搏战。

11月初，他被任命为中士。他酗酒，所有能搞到手的毒品都吸。这倒是一个不错的解决办法。

11月21日，武科瓦尔沦陷的3天后，他看到两个女子向他的军团走来，其中一个肩上挎着一部相机。安东尼娅来到前线已经10天，现在已不再需要保姆照顾。她和婕莉卡一起在前线四处奔跑，她不知道婕莉卡姓什么，她们俩是在莫斯科酒店的酒吧认识的。婕莉卡是个会讲法语的学生，为记者们提供口译服务。安东尼娅每天喝很多李子白兰地，这或许确实有利于她用英语交流，但她的英文水平实在有限，无法表达精确或微妙的含义。

她接触到的大多数塞尔维亚或克罗地亚士兵英文水平跟她也不相上下。婕莉卡给她提供了很珍贵的帮助。最重要的是，她喜欢和婕莉卡在一起。

几天前，她们在一个宁静的平原上向西驱车前行时，突然听到三声枪响，车尾左翼也发出金属碰撞的声音，令人十分不安。当时是婕莉卡在开车。她踩了油门。"有混蛋在向我们开枪！"安东尼娅简直无法相信居然有人会向她们开枪，心里充满了恐惧和喜悦。

"他们为什么向我们开枪？"她问婕莉卡，"是谁开的枪？"

"不知道！任何人都有可能向我们开枪！开枪的人也许连他自己都不知道为什么开枪。我们没有任何伪装就经过这里。他手上拿着一支步枪，所以忍不住开了枪。你看到了吧，他们一个个都变得很愚蠢！"

婕莉卡附身靠在方向盘上，眼睛盯着前方的道路，放慢了速度。

"这帮蠢货！"她说，"你看到这帮蠢货了吗？"她突然狂笑起来，眼里含着泪水。安东尼娅眼疾手快，倚在车门上一边笑着一边拍下了她的笑容。

她很喜欢在这里，喜欢和婕莉卡在一起，喜欢被人无缘无故地开枪时的那种坠落、眩晕的感觉和最后一刻劫后余生的快乐。

她们现在经过德拉甘的身边，耳边的喊叫声让她们头晕目眩。10多米外，一个制服奇怪、戴着黑色贝雷帽的家伙正在训斥南斯拉夫人民军的一个军官。这个军官像一个做错事被当场抓住的傻瓜，在他面前低垂着头，每次试图回应时，都会挨一记耳光。所有士兵都饶有兴趣地看着这个场面。安东尼娅本应拍照的，即便只是凭感觉把相机靠在腰部去拍。但她下不了决心，害怕被发现。她憎恨自己的怯懦。

晚上，在莫斯科酒店的房间里，她写信给教父："我有眼睛，但手却跟不上来。所以眼睛什么用也没有。我毫无天分。"

"这人是谁？"她问婕莉卡。

"他是谁？"婕莉卡问德拉甘。

他用无可挑剔的英语回答说："他是一个准军事组织的首领，名叫泽利科·拉日纳托维奇，但大家都叫他阿尔坎。"德拉甘在后方碰见他好几次，但从未听说过他。有人说他在战前负责贝尔格莱德的足球迷俱乐部，是个激进分子，但这毫无意义，现在的阿尔坎穿着制服，扇指挥官耳光，这对任何人来说都不是问题，因为什么事情都没有意义了，指挥官是一个冷酷的混蛋，大家都想抽他。

很快，安东尼娅将发现一张罗恩·哈维夫在艾尔杜拍摄的照片：阿尔坎站在一辆坦克上，手上捧着一只虎崽，身后是他手下的士兵；第二年又在波斯尼亚拍了第二张照片，那是以巨大的勇气拍摄下来的，她知道自己永远都不会有这种勇气。

她们进入了武科瓦尔，德拉甘陪着他们。城市不能说是沦为废墟，而是已经变成了一堆难以置信的瓦砾、金属板和灰尘，南斯拉夫人民军士兵和一些惶恐不安的民众从地下地狱中钻出来，在那里走来走去。

废墟中央，一面残墙上写着西里尔语铭文，突兀地伫立在孤寂中。德拉甘指着其中的一处涂鸦，笑着把意思翻译了出来："拜托，伙计们，不要对我太凶，让我站着吧！"旁边用大写字母写着："只有死亡，别无其他。"很难知道这是一个绝望的评判，还是一个虚无主义的口号。安东尼娅拍摄了墙，再次担心会制造一个虚假的图像，暗示一个深度饱和的意义，而这个意义实际上并不存在。

他们三人一起回到了德拉甘的军营。德拉甘请她们喝不可避免的李子白兰地。远处，克罗地亚俘虏爬上拉有篷布的卡车。安东尼娅拍了几张照片。没有人注意她。只有一个俘虏转身看了一眼她的镜头，目光惊恐不安，让她不寒而栗。她按下了快门。

她来到前线之后，双方阵营都以同样颤抖的声音

向她讲述耸人听闻的屠杀事件和极端的残暴行为，揭露
敌方阵营的变态行为。奇怪的是，孩子哀求着却仍被无
情的刽子手处决，孕妇被人津津有味地刺穿肚子，这类
事情往往都大同小异。其实，这些故事都是虚假的，只
是虚假的方式不同而已。有些故事自1912年、1934年或
1943年以来就已穿越时间隧道，在流传过程中逐渐变形
和丰富，以让故事中的细节更加骇人。其他一些故事则
完全是杜撰的，一如那些食人魔和妖怪的传说，专为孩
童的噩梦提供养分。

　　"可是，那些确实发生过的可怕事情，却没有人去
讲述。"她在给教父的信中这样写道。

　　在接下来的一周里，她沿着斯拉夫尼亚前线，一直
跟着德拉甘的部队。她没有去克罗地亚或克拉伊纳塞族
人那边。到目前为止，她还没有卖出过任何照片。但她
认为如果一直坚持同样的观点，或许会有更多的运气。

　　她拍摄德拉甘躺在草地上，眼神恍惚，卡拉什尼科
夫枪斜放在胸前。在塞尔维亚，预备役军人和应征入伍
者为了逃避征兵而躲藏，新兵招不到，可用的士兵被迫
继续服役，直到筋疲力尽。

　　德拉甘说："我太早服役了，什么都不懂。如果
我知道自己会落到这种臭狗屎的地步，我就跑去匈牙利
了。我母亲的老家在塞格德旁边的一个村庄里，那里有

几个表亲。那个地方很偏僻，但肯定比这里好。"

12月，安东尼娅回科西嘉与家人一起过节，借机向银行申请信贷。她将通过出售照片来还贷。她几乎没有回答父母的问题。尽管她做出了不少努力，但仍无法跨越她和家人之间的这道无形鸿沟。

1992年1月，双方宣布停火，决议却得不到遵守。于是她回到了莫斯科酒店的酒吧，在那儿又见到了婕莉卡。安东尼娅高兴坏了。婕莉卡现在已改为其他记者工作。她们每天晚上都见面，一起喝酒，在餐厅一起用餐。

安东尼娅回到了德拉甘在德拉瓦河畔一个村庄的军营，他当时不在。她担心他受伤或死了，军营里的人向她保证他没死。他确实在军队医院里，但可能只是因为身体和精神疲惫而得了抑郁症。

"不是真的得了抑郁症，"他回来时向她解释道，"我自己自暴自弃罢了。他们倒没有给我降级，只是告诉我以后不能再乱来了。"

她很高兴再次见到他。

1992年1月20日，他负责指挥一个侦察巡逻队。安东尼娅陪伴着他，拍摄了部队在白雪皑皑的平原上行军的照片。大雪遮住了视线。安东尼娅担心镜头过宽影响拍摄效果。下午，他们走进一个只有四五栋屋子的小村，起初，只看到一些矮壮的东西围着一堆彩色的物体不断地动弹。队伍前面的一个士兵突然停住脚步，弯腰吐了起来：雪地里躺着十几具尸体，其中大多数是女性。一群猪喘着粗气，急切地在尸堆里窜来窜去。它们从猪圈里逃了出来，除非是有人明明知道猪会做出这种举动而故意把它们放了出来。

安东尼娅隐约回忆起一个从前可能听过的残酷童话，或者是做了一个充满光明和鲜艳色彩的噩梦，在黑暗中醒来之后才松了一口气。

她向前走了几步，眼睛盯着取景框。她此刻非常平静和清醒，拍了尸体、猪、雪地里流淌的血。

她听到德拉甘疯狂地吼叫着什么。

四五名士兵排成一队，一边开火，一边祈祷或咒骂。安东尼娅跪在雪地里，将镜头对准士兵们，突击步枪的枪管略微向着地面倾斜。她看着受伤的猪摇晃着身子，听到它们沉重地倒在雪地上时的尖叫声，她看到了一条裙子的一角布料。

她又拍了几张照片。

一个士兵追着射击一只硕大的野猪，野猪死命逃跑，然后跌倒在地。士兵凑近对准野猪，把剩下的子弹打完。德拉甘站在雪地里，脸部线条扭曲着，手里拿着一把手枪。

回到营地，大家都扑向李子白兰地酒瓶。安东尼娅一直很平静，她将杯子里的酒一饮而尽。

"看过《现代启示录》吗？"德拉甘问。她点点头。

"我也看过。大门乐队和其他……"

他摇摇头，给自己的杯子里倒满酒。

"可以说根本不是那样一回事"，他总结道，"根本不是。"

半夜四点，她突然在莫斯科酒店房间宁静的黑暗中醒来。相机就放在她的床脚下。她想到胶片里的内容，就再也睡不着了。

她写信给教父说："看起来像电影，其实都是真的。"

她下楼去吃早餐，坐在以前碰见过几次的一个法国报社的记者旁，告诉了他前一天发生的事情。她跟他谈起她拍的照片。如果这些照片被发表，肯定会引起震惊。但记者友好地告诉她，她想错了。到目前为止，没有一张照片，也没有一篇文章引起过任何震惊，除了无用而短暂的恐怖或同情。人们不想看到，即便看到也宁愿忘记，倒不是说他们恶毒、自私或无动于衷。但当你知道你完全无能为力的时候，正视这些事情是不可能的。我们没有权力期望他们去正视这些事情。他们唯一做的是把目光移开。表示愤怒，然后把目光移开。

那我们在这里做的事有什么用？

总得有人去做这些事。

　　她写信跟教父说："但最重要的，是他们喜欢这样，特别喜欢，所有人都喜欢，我也一样。"

　　她两天没有回到前线，而是在贝尔格莱德的街道上闲逛。在那儿，战争似乎像是一个毫无实质的梦想。晚上，她和婕莉卡出去喝酒。

　　她开始觉得她看到了一些她非常不愿看到的东西，因为她现在已经不能再把目光移开了。但这只不过是一个故事中的小细节，一句模糊的话，一个微不足道的插曲。而这个故事不是从这里开始的，也不会在这里结束，因为它既无始也无终。她什么也没有告诉她教父。

　　她只给他这样写道："我知道有些事情必须秘而不宣。"

　　她拍摄的好几张照片都必须藏起来，因为太惨不忍睹了，人们会认为这些照片是从恐怖片中剪辑出来的，实际上根本就不是那么回事，根本不是。其他照片没那么恐怖，但同样让人恶心。它们什么也没有表现出来，但暗示得非常清楚，从某种意义上说，这就更惨烈：这种小心翼翼、微妙取景、置身事外的问心无愧、令人厌恶的谦虚、自得其乐的享受。

　　"无耻的表现有千万种。"她写信给教父说。

　　她不会去冲洗这些底片。

　　她最后一次上前线。她告诉德拉甘，她准备回家了。

　　她拍了足够多的战争照片，等到11月份他服满军役可以复员的时候，她会回来。如果他愿意，她可以陪他一起回家。

"11月份？"他问道。

对。所以他必须格外小心，保重自己，因为从现在起，她很需要他。如果她11月份回来的时候他不在了，她想象的报道就完全泡汤了。

她和婕莉卡在贝尔格莱德度过了最后一个晚上，天亮才返回酒店，两人都喝得酩酊大醉。在莫斯科酒店门口，她们长时间地拥抱，在凛冽的寒冬中道别。

安东尼娅重操旧业，继续她自1984年以来在当地报社的工作。她拍了一些无关痛痒和微不足道的照片，隐藏起来或公开发表都没区别。她开始存钱。没有人责备她去做了毫无用处的旅行，也没有人问她为什么她拍的照片一张也没有刊登在报纸上。她含糊其词地跟她的教父谈论在南斯拉夫的所见所闻，但只讲了一些诸如战争很恐怖之类的套话。也许他能猜出她无法如实告诉他的事情。

罗恩·哈维夫的第二张照片已经发表，照片上可看到阿尔坎手下的人伸出长腿，正准备踢他刚刺杀的三个波斯尼亚平民。这个民兵似乎很年轻，架在头上的白边太阳镜，清楚地表明这张照片不是历史档案，而是新闻照片。他身体的重心放在左腿上，身体略向后倾斜，右腿弯曲，随时准备踢人，左手手指心不在焉地夹着一根香烟，一种优雅的不拘小节的贵族派头。一个男人和两个女人躺在人行道上，地上流着鲜血。没有人知道他的脚要踢向哪具尸体。

安东尼娅向教父展示了这张照片。"罪孽啊！"他低声地说。

"什么用都没有，"安东尼娅说，"没有人会在乎。"

教父补充说："这也是罪孽，世界的罪孽。"

4月，萨拉热窝开始受到围攻。在整整4年间，电视台的直播成为家家户户晚餐时的必看节目。

11月初，安东尼娅回到莫斯科酒店，酒店里的记者都走光了。事态变得很严重，变得太快了，四面八方同时都变得很糟糕，一切都难以追踪，所有记者都去了波斯尼亚。当她找到德拉甘时，他消瘦了很多，有气无力地对她苦笑着。她想知道他看到了什么，他做了些什么。

在他复员的那一天，她陪着他办理了各种行政手续，恢复了自由，让他回到过去的生活中。然而，过去的生活，他永远都找不回来了。按计划，会有军用巴士带他回贝尔格莱德，然后从贝尔格莱德再坐常规线路的巴士回家。他问司机，安东尼娅是否可以跟他一起坐车。司机咕哝了几句。

德拉甘给她翻译说，司机根本无所谓。

但她已经明白。

军用巴士几乎是空的。除了安东尼娅和德拉甘，只有4个乘客，3个士兵和1个民兵，民兵拖着两个满得要撑破的箱子。巴士在平原上前行，经过检查站时，有军警检查，要求他们下车，并打开行李。

那个民兵抓住一个警察的胳膊，把他拉到一边，说了一会儿话，并拍了拍他的肩膀。警察拼命点头。民兵从其中一个箱子里取出东西，交给警察，警察跟他握手，并示意他回到巴士座位上。

警察现在转向德拉甘，搜索他的军用包，从里面掏出了几盒录音带和两本书，在他鼻子底下晃动几下，然后全都扔在地上。他们嬉笑着。安东尼娅知道她应该拍照，起初不敢，但她想起了罗恩，于是尽量不动声色地拿起相机，按下了快门。

她重新回到巴士上，坐在德拉甘身边。德拉甘浑身哆嗦，像在发烧，抓住她的手腕，说：

"这帮贝尔格莱德混蛋。你看看我，你看看我这个样子，看看我穿的这套恶心的迷彩服。我刚从前线回来，他妈的！他们本应该给我一枚奖牌的，可他们根本不把我放在眼里。他们的破军装倒是很干净，他们把我当作一堆狗屎。他们很恼火，就因为我没有东西送给他们。你看到他们怎么糟蹋我的书了吗？现在领导这个国家的人就这个德性。一帮扔书的足球迷和蠢货！'你为什么读这个混账匈牙利人的书？'他们问我，'你为什么读这个混账波兰人的书？'对那帮家伙来说，布可夫斯基是个波兰混账。这帮混蛋，这帮混蛋！"

抵达贝尔格莱德后，他什么话也没说。两人上了另一辆公共汽车，沿着多瑙河畔行驶。然后，他们在她不熟悉的城市的街道上行走。德拉甘停在一座桥上，几个年轻人在嘲笑他。安东尼娅又拍了一张照片。他擦着眼泪，独自走远，不想让她再跟着他。他不想再跟她分享眼前发生的事情，她让他走了，其实她特别希望能跟他道别。

她回到公交车站，坐车返回贝尔格莱德，打电话给婕莉卡，请婕莉卡晚上跟自己一起过。莫斯科酒店的酒吧里，婕莉卡坐在淡绿色的长凳上一边喝着梅子白兰地，一边等她。她又想起了桥上那些年轻人的笑声。她实在弄不明白。

她的教父肯定会说，这也是一种罪孽。

她不相信罪孽，甚至不知道什么是罪孽。但喝着梅子白兰地，想到今天拍的照片可能会发表，她觉得越来越不舒服。即使有杂志愿意发表（这几乎是不可能的），她也不希望外人的眼睛对她今天目睹的灾难表现出好奇或漠不关心的态度。这场灾难，她不想去复制它。

"无耻的表现有千万种。"有一天，她曾这样写信跟教父说。

明天，她将回家，她将永远离开这个所有名字都是暂时性的国家。今天拍摄的底片将被装进一个盒子里，与其他底片放在一起，她是不会去冲洗这些底片的。

她不相信罪孽，也不相信为世界替罪的上帝的羔羊。但至少，安东尼娅本人，在她力所能及的范围内，不会为这世界增加任何东西。

第十一章
圣餐经: 永恒之光

(在夕阳下奔跑的新婚夫妇, 毛里求斯岛, 1997年)

多年来，除了帕斯卡尔在监狱中度过的那些岁月，安东尼娅和他做爱时，除了让他体外射精，从不使用其他避孕方法。事实证明，这种方法长期以来一直有助于增加出生率，而她的伴侣实践这个方法时也有欠灵巧。但在那些年里，她倒是从未怀孕过。现在，她虽然像军人那样一丝不苟地服用避孕药，却来到了医院里一个肮脏的办公室，面前是一个凶神恶煞般的女人，试图说服她放弃堕胎。当那个女人意识到自己无法说服安东尼娅时，便满脸厌恶地看着她。显然，全世界的人都认为有权对她的决定发表意见。

她从南斯拉夫回来后就忍不住给西蒙打电话，让他过来跟她一起过夜，然后又傻乎乎地告诉他过夜之后造成了这一烦人的后果。西蒙听后也很生气，觉得她应该向他好好解释清楚。

"这是因为南斯拉夫，对吗？"

这个问题让安东尼娅很恼火。在别人看来，她拒绝生孩子只能是病态的，她一定是在隐瞒造成她不合理行为的创伤。可她比任何时候都理性，她搜刮肚肠，却找不到理由说服自己把胎儿留下来，于是决定不跟他啰唆。

"我用不着跟你讨论这事，我只是告诉你而已。即便是这个决定，我也没有义务告诉你。"

他当时的反应像是被人痛打了一顿，他说了几句绝情悲戚的话后，便转身离去。

1993年1月的某个清晨，安东尼娅住进了医院。医生细致入微地接待了她，这是她意想不到的。麻醉师弯下腰，在静脉中插入针管，并让她数数。她过了好久才从麻醉中苏醒过来。她每次想睁开眼睛，都会有一只强有力的手拉着她向后倾斜，让她回到一个阴影不明的世界中。她的眼睑垂了下来，觉得自己被困在一个非常不舒服的地方，介于清醒和昏迷之间。当她终于脱离这个状态时，她感觉嘴干舌燥，肚子很疼。西蒙坐在床边，一脸绝望的样子。

"你干吗这副神情？"她问道，声音小得几乎听不见。

"他们把你送回来的时候，我就在这儿了，"他回答说，"你睡得不踏实，一会儿想说话，一会儿哭泣。真让人难过。"

"那是因为麻醉。我做了噩梦。你怎么知道是今天？"

"我问玛德莱娜了。"他拉起她的手。她打起精神，对他笑了一下，然后又睡了过去。下午，他把她送回了家，他们再次见面已经是夏天了。

在报社工作、出去找朋友玩、看望父母，她的生活似乎没什么变化。即使偶尔很想见西蒙，她也强忍着不给他打电话，她有时会有一两次艳遇，好让自己的生活不至于总是一片空白。

她不再抱有更多的梦想，只满足于拍一些每天印在报纸上的昙花一现的照片。每天晚上不是用来点燃壁炉的火，就是和蔬菜的残根败叶、咖啡渣和烟头一起被倒进垃圾桶。她不再抱怨。她既没有权力也没有力气去抱怨，甚至也没有这种愿望。事实上，这个世界只有两类专业照片，一类是本不应该存在的，一类是应该消失的，因此摄影的存在显然是无法解释的。然而，既然安东尼娅把它当成了自己的职业，除此之外她也别无所长，因此总得专注于其中某类照片，于是她只能专注于第二类，并心甘情愿地接受了它。倒不是要对自己的选择负责，而是她别无选择。

1993年8月，科西嘉国民解放阵线的老派活动分子在科尔特的一次公开会议上发表声明，声称在6月份以"预防性自卫"——这个叫法颇为奇怪——的名义暗杀了同一阵营的一名抗议者。当讲坛上的负责人宣读完声明之后，聚集在帐篷下的人开始鼓掌。安东尼娅拍下了人们兴高采烈举手鼓掌的照片。她当时想，拍一个在一片欢腾中没有鼓掌的人或许会更有意思。

但除了像她一样前去报道此事件的记者之外，她并没有找到这样一个人。她开车返回阿雅克肖，一路上听着音乐。到了维扎沃纳山谷，她才觉得终于摆脱了数个月来挥之不去的精神和智力瘫痪状态，意识到刚才发生的事情的严重性。她不得不把车停在路边。她回想起发布会上那些湿热的手高举着，拍打得越来越疯狂，发出沉闷的掌声；也想起了那些因死亡和寒冷而变得僵硬的手，那些如花瓣一样围着掌心暗紫色瘀痕张开的肮脏手指。会上那群双眼放光、身体紧绷、因信仰而狂喜的人重新浮现在她眼前。他们合为一体，因大家完全拥护他们杀戮而快乐得全身战栗，对杀人犯的崇拜贯穿全身。安东尼娅觉得自己被玷污了，因为她与他们曾同处同一屋檐下，她一下觉得自己像掉进了一个化粪池，恶心得想吐。他的教父肯定会说，这也是一种罪孽，他只会这么说。她想吼叫着回应他："是的，如果你愿意的话，这也是一种罪孽，但最糟糕的、最恶心的是信仰，他们的信仰和你的信仰一样令人恶心。"从那一刻开始，她就确信事情会朝着不好的方向发展，而且只会越变越糟糕，非常糟糕，她无法想象最后会怎么收场。她头一次充满恐惧、满怀悲悯地思考着科西嘉岛的未来。因为在一个人们为暗杀喝彩的地方，不会有任何希望。

到阿雅克肖后，她去报社冲洗了照片。照片上那些天真烂漫的人在欢笑鼓掌，只有她一个人看到了这些照片的丑陋。看来真的是毫无指望了：她的照片不是意义过多就是意义不足。

她打电话给西蒙，她需要见他。她把发生的事情告诉了他，但他已经都知道了。

她对他说，"最糟糕的是，你们要是在他们的位置上，也会像他们一样欢呼鼓掌的。"她随后又补充说，"不，不是全部人。我觉得你是不会鼓掌的，我不敢确定，但我相信。"毫无疑问，这是她给他的最高赞赏，也许是唯一的赞赏。至少，是他唯一记得的赞赏。

"抱抱我吧，"她说，"让我不要再想那件事了。"

她说得对吗？他真的不会鼓掌吗？两年后，当事情真的变得很糟糕的时候，他做了什么呢？还不是乖乖地接受这场经过漫长酝酿之后终于爆发的愚蠢战争！他没有抗议，更没有采取任何措施去协调。他的不作为显然并非因为事情无法协调，或是意识到自己无能为力，而是因为他甚至想都没想过。是恐惧和绝望阻止他去思考吗？或者是尽管心怀恐惧和失望，他还是完全赞同所发生的事情？当泽维尔宣布他要脱离这场他绝对不能参与其中的运动时，西蒙并没有想到泽维尔并不像看起来那么愚蠢，而是很生他的气，甚至差点儿公开指责他的怯懦。但事实上他自己这几个月也过得胆战心惊，经常想逃离。

1995年那个可怕的夏天，他来找安东尼娅，额头上有一块巨大的瘀血。他刚才去面包店买面包。付完钱后，他臂下夹着两根长棍面包，正要朝出口走去时，他发现所有人的目光都很警惕地转向他。他不明白为什么，这太反常了。他四处寻找威胁来自何方，但这威胁似乎只有他看不见。顾客们脸上露出一种令他感到害怕的恐惧，他满脸狐疑地看着他们。"看您都做了些什么？"一个人问道。他伸手去拿手枪，突然听到一声巨响，周围的一切都变黑了。他明白自己躺在地上，"完了，"他想，"有人暗杀我，我要死在这儿了。"但他还活着。当他恢复神志时，他才明白自己并没有向门口走去，而是径直地朝着落地窗走去，直冲冲地撞过去，首先是头部撞向玻璃，身子也没有做出任何姿势来缓冲撞击。他坐在地上待了一会儿，整个人完全被撞懵了，长棍面包和手枪都跌落在地。平常遇到这种不幸的事时，大家都会哄堂大笑，但这次没有一个人笑。当他把这个故事告诉安东尼娅时，她也没有笑，因为她知道这并不好笑。

他们不也曾生活在卑鄙之中吗？

即使相信上帝，西蒙也不会起身去领圣体。在教堂的中央过道，只有5个人绕过棺材，向神甫走去。神甫手持圣杯，等着他们。5个老妇人中有一位是西蒙的母亲黛米安。她闭上眼睛，朝安东尼娅的教父仰起脸，神甫将圣体饼放在她舌头上。"基督的肉身"，西蒙认为他母亲可以接受它而不会亵渎神明。

唱诗班唱道："主啊，让永恒之光照亮他们。"

但只有1993年8月那天从外面射来的光线才唤醒了西蒙，那时安东尼娅穿好衣服正准备出门。她来到西蒙旁边坐下，把一只手插入他的头发里。"你真的觉得我不会鼓掌吗？""是的，"她回答说，"但我不确定。"她吻了他一下，"你走的时候关上门，把钥匙留在邮箱里。"然后她就去上班了。

老派活动分子的请愿引起了一些反应，有人愤怒也有人支持，但两周后便没有人再记得这件事了。安东尼娅不抱任何幻想，她知道唯一可以确定的是众人一如既往的麻木不仁，但这让她无法忍受。在接下来的几个月里，她也回到了自己琐碎的日常生活中。她有时想，其实最终没有什么能演变成集体悲剧，事情不过就像现在一样可憎而已。但她觉得自己搞错了，一切都不过是时间的问题。

她一直关注那些不应该存在但又无法让她把目光移开的照片。同年，南非一位摄影师凯文·卡特因其中一张照片获得普利策新闻奖。照片上一个腹部肿胀、骨瘦如柴的女童在地上匍匐，在她身后，一只秃鹰正虎视眈眈地盯着她。很快，媒体上便出现了一些蒙太奇照片，在这些合成的照片里，凯文的头像取代了秃鹫。好心肠人士义愤填膺，指责他只顾按快门却不去拯救孩子。照片不堪忍睹，对于安东尼娅来说，这是一件不争的事情，这对于凯文来说也一样。或许正是出于这个原因，他拍下了这张照片，使得没有人可以假装不知道他所生活的世界是多么不道德，而他本人则不愿意继续再在这个世界中生活下去，也许他再也无法忍受如此经常面对丑陋的美杜莎。1994年7月，34岁的他把一根橡胶软管的一头接在汽车的排气管上，另一头接在汽车内，然后坐在车里自杀了，留下了一封奇怪的告别信，信中提到了抑郁症、债务、赡养费、杀戮、奄奄一息的孩子和刽子手，以及4月份在一个乡镇被枪杀的摄影师朋友，他希望有机会与他在永恒之光中相会。

安东尼娅给教父看了这张照片，她无法忍受鸵鸟政策，觉得那是对这个不道德的世界的一种极邪恶的赞同。

"天哪！"他说，"你想让我说什么呢？"

"什么也不用说，"她回答道，"你无话可说。"

然而，1995年，她已经厌倦从一个犯罪现场跑到另一个犯罪现场去拍摄，以便在报纸上披露死亡人数。当其他人都心照不宣逆来顺受甚至还有可能为此窃喜时，她的教父是唯一一做出不同反应的人。在安东尼娅看来，整个岛屿都沉浸在狂热的掌声中。

她到当地的一个村庄去报道一个战士的葬礼，死者是民族主义者彼此开战之后出现的第四五个受害者。她的教父刚刚主持完弥撒，站在教堂前为棺材祝福，才刚说完祝福词，就有4个头戴面罩的男子从灌木丛中冲出来，宣读了一篇文章，然后连发三排子弹，敬完礼后就溜了。安东尼娅当然把这一幕拍了下来。她的教父因此来找她，他看起来非常气愤。

"你早就知道会发生这样的事情吗？"

"不完全知道，"她回答说，"但我感觉会出事，这并不难猜测。"

他朝一群活动分子走去，开始训斥他们，言辞口吻非常激烈。安东尼娅只听见了一半，便也朝他们走去。活动分子们因没有事先告知神甫感到抱歉，但什么也无法平息她的教父的怒气，"好在你们没有事先通知我！因为我绝对不会接受你们在教堂前玩这种把戏！"在这种情况下，"把戏"一词只能是贬义的，有一位活动分子听了很不高兴，大声地反驳他，声称这是为了挽回荣誉，但安东尼娅的教父以更为严厉的口吻打断了他的话："荣誉？什么荣誉？你觉得有什么荣誉值得挽回吗？你们应该去哭，伤心地哭，羞耻地哭。要知道，这没有什么值得骄傲的！"这位活动分子试图反驳他，但他说话的语气听起来更像是一种威胁。安东尼娅的教父向他走去，扬起手做出了一个手势。这个手势并不一定意味着要打人，但引起了在场的人的误解，安东尼娅看见后便高喊："教父！"两个男子插在神甫和活动分子之间试图调停，如同调停村里节庆时一群喝醉酒想打群架的人一样。安东尼娅竭尽全力，仍无法阻止报纸报道这一事件。虽然报道言辞委婉，但主教因为没有其他的消息渠道，只能透过报道的字里行间去解读，于是召见了安东尼娅的教父。神甫懊悔地来到主教面前，吞吞吐吐地提起耶稣和圣殿的商人，试图为自己辩护。

"您是在将您自己与我们的主耶稣基督相比较吗？"主教问，口气温和却充满责备。

安东尼娅的教父竭力否认，并承认自己当时未能控制住怒火，他也无法原谅自己。

主教口气温和了下来，"我们现在都处于十分困难的时期，也许这对您来说更加困难，因为您一直以来都与您的教区居民非常亲近。但正是因为处于困难时期，我们比任何时候都更应坚守岗位。去宣传上帝的福音吧，那是弘扬和平的话语。"

"我知道。"安东尼娅的教父说。

"您是一名神甫。"主教提醒他道。

"我知道，"安东尼娅的教父说，"我不会忘记的。"但4年后，在1999年6月，他却主动要求和主教面谈。

"主教阁下，"他恳求道，"我不能再待在这里了，我已经尝试过，上帝是我的见证人。但请求您把我派到另一个教区，在大陆的任何地方都可以，我没有力量支撑下去了。"

他刚刚主持了帕斯卡尔的葬礼。帕斯卡尔3年前已经停止所有的政治活动，在镇上开了一家小型鱼餐馆，现在却被人谋杀身亡。谁也想不到做鱼餐馆生意也会招致嫉妒，所以他的死至今仍是一个谜。不论是泽维尔、让-约瑟夫、西蒙、安东尼娅，还是像她的教父那样从小就看着这群孩子长大的人，谁都想不到他会出事。当年那些跳着探戈、喝着葫芦绿薄荷酒、狼狈地在地上呕吐的毛头小孩，现在聚在一起，站在这个他同样看着长大的人的棺材前悲痛欲绝。

安东尼娅的教父曾经担心帕斯卡尔会让他的教女不幸福，而从今以后这永远不可能了。安东尼娅的教父手持香炉，围着棺材转圈，心想，他再也不愿为那些他看着长大的人主持葬礼了。如果留在这里，他将不得不再次为他们主持葬礼。因为一切都不会发生改变，一切都不会停止，一切都不会开始。它就像一种病毒，一种坚不可摧的疟疾，会间歇性地高烧发作，有时会致命。即便有短暂平息，也只是潜伏着等待卷土重来的机会。当患者以为自己已经痊愈，它又再度肆虐，掳走新的受害者。帕斯卡尔想必认为自己很早之前就已经痊愈了。

大概是在1996年年底，他向朋友宣布说："我洗手不干了，对我来说一切都结束了。"但没有给他们解释具体的原因。没有人认为他是出于害怕而做这个决定的，西蒙确信帕斯卡尔肯定发现了一些与他正直的道德品行相左的东西，所以毫不犹豫地给自己为之献身的事业和充满危险的一生画上了句号，但出于忠诚或羞耻，他无法如实告诉他们。西蒙百分之百地信任帕斯卡尔，所以他也马上响应道："我也洗手不干了，一切都结束了。"帕斯卡尔随后说："你们想干什么就干什么吧，你们是自由的，我不强求你们什么，你们也不欠我任何东西。我很抱歉把你们拉进这个狗屎坑里。"说完他便离开了会场，西蒙紧跟着他也离场了。帕斯卡尔再次对西蒙说道，"所有这一切，都是我们的错。"他的声音因懊悔而哽咽，"这都是我们造的孽。"

他几乎一字不差地借用了安东尼娅在1995年对他的谴责，因为8月30日和31日，仅仅两天，就有3个男子被枪杀，其中的皮埃尔中弹倒在巴斯蒂亚市中心的一条人行道上。安东尼娅还回想起他年轻时活跃的模样，那时他站在里昂审判庭的被告席上，这两个图像是不可分割的，虽然她不知道为什么会把这两个图像联系在一起。安东尼娅感到触目惊心。

她来到村里，看到帕斯卡尔悲痛欲绝，她才不管他的痛楚，因为这一切都是他的错，是他和他同党的错。因为他们那愚蠢的面罩、新闻发布会、武器以及那些扯淡的神话，现在让整个国家都对杀人犯顶礼膜拜；也是因为他们，杀人的能力成了人类唯一的价值标准。当帕斯卡尔双眼噙满泪水告诉她，历史就是这样的时候，她吼叫起来："这可不是辩白的托词。就因为你们，情况变得更糟糕了，现在到了最糟糕的时候。你们终于自相残杀了，正如你们一直以来想的一样，你们每个人内心深处肯定都很快活：现在，终于有机会像一条汉子那样杀戮和死去了。因为对你们来说，男人就应该这样活着，你们甚至没有想过还有其他活着的方式。算你们成功了！如果这只是你们的事，那我不在乎，可你们影响了我们，你们把我们的生活也搞砸了！"她吼叫着。

所有的人都听到了枪声，但这不仅仅是声波的传播，也是有毒的辐射。每次枪击都会粉碎人们的身心，毒害每个人都要呼吸的空气，天知道未来还会发生什么可怕的事情。每当安东尼娅来到犯罪现场，她都是危险地靠近放射性物质源头，这些物质污染了所有的人，她在身体上能感受得到，"这都是你们的错。"

　　而这会儿终于轮到帕斯卡尔吼了起来："你以为我不知道吗？你以为我不希望一切都以另一种方式重新开始吗？你以为我不知道吗？难道你完全不了解我吗？"安东尼娅的怒火顿时熄灭了，喃喃说道："我不在乎这是不是真的。我可不希望你被人杀死。"

　　但他最终还是被杀死了，而且几乎是在安东尼娅的眼皮底下。

　　1999年6月，她辞职离开阿雅克肖回到家乡已经两年。她开了一家小店，在橱窗里展示了一些婚纱照片，并在港口附近租了一套公寓。两个月来，她在电视上不断看到北约的飞机轰炸7年前叫南斯拉夫的国家。每天都有抗议人士出现在贝尔格莱德街头，胸前挂着一个纸做的靶子，法国纪念碑现在被盖上了一块黑布。安东尼娅很想知道婕莉卡的近况，但现在发现连她姓什么都不知道。找到德拉甘或许更容易些，但她根本没有去尝试，她担心他们谁也不想跟她说话。她能跟他们说些什么呢？她只能希望他们俩都平安无事。

　　那天下午5点，她去餐馆找帕斯卡尔。刚好那天有人送货来，他要接货。他对她说："我们好久没有见面了。如果你愿意，我们可以去博尼法乔吃饭，或到山里去也行，由你来选。"

　　她听到熟悉的枪声时，她正往餐馆走去，不假思索就知道发生了什么事。她马上奔跑起来，跑的时候已经心中有数了。两分钟后她跑进餐馆，餐厅里摆满了一箱箱的食物，吧台上放着一本打开的账簿，页面上沾满鲜血。帕斯卡尔仰躺在地上。一位年轻男子正俯身聚精会神地施救，给他做心脏复苏，根本没有抬头去看安东尼娅。"他没有死，"她想，"谢谢上帝，他没有死。"帕斯卡尔的右手还在动，似乎想撑在地上，他的双脚还在微微颤动。"他没有死。"安东尼娅还这样想着，抬头看见柜台上残留的白色脑浆。她听到自己对年轻人说："没有用了。"年轻人这才将目光转向了她。"完了。"他环顾四周，看着自己满是鲜血的双手，慢慢地起身，"完了，是的。"他喃喃低语道。当帕斯卡尔的尸体被抬走时，她感到自己的身体痛苦地朝他弯下去，想扑向他，拥抱他，但她没有动弹，整个人好像瘫痪了一般。警察记录了她和那个年轻人的证词。她平静地回答他们的问题，其中一位警察是她当记者时遇到过的，对她说了一句尖刻的话："喂，您是不是天生就是要破坏犯罪现场啊？"对此，她没有做任何反应。"我已经死了，"她想，"我什么都感觉不到了。"

主啊，让永恒的光照耀他们。主和圣徒们永在，因你心怀怜悯。

　　她立刻回家了，没有将帕斯卡尔的死讯告诉任何人。一进家门，她就感觉到腹部有一股突如其来的灼痛，赶紧冲到浴室里，刚解开牛仔裤的纽扣，坐在马桶上，就感觉身体排山倒海般向下排空。腹泻的疼痛让她不得不拼命地捂着肚子，鼻涕流到了嘴唇上。泪眼模糊中，她隐约看到了裸露的大腿上的呕吐物。她在马桶上坐了很长时间，前后摇晃着身子，紧握的拳头抵着自己的眼皮，过了很久才脱下肮脏的衣服，坐在淋浴间里冲洗。她任由热水淋洒在身上，手里拿着一块肥皂，一动不动。他们不是都安然无恙了吗？很长一段时间以来，她一直相信他们都没问题了。哦，她居然愚蠢地相信了这些！不久前，他们才共聚一堂，参加泽维尔和莱蒂西娅的婚礼。那是1997年2月的美好一天，天气晴朗寒冽。现在，一切都结束了。

　　那天，安东尼娅拍了婚礼的照片。泽维尔穿着一身很难看缎面衬里的婚礼西服，莱蒂西娅挺着5个月大的肚子，活像一个圆嘟嘟的大蛋白酥皮饼。夫妇俩已在东海岸的海滨度假胜地安居乐业，泽维尔与当地合伙人一起经营一个时髦的夜总会，如鱼得水地出入于上层社会，认识不少在当地拥有别墅的当红歌手、电视主持人和政界人士，这些人亲笔签名的肖像画挂满了客厅的墙壁。

　　婚礼过后一周，安东尼娅接到莱蒂西娅的电话，让她过去看看他们，他们有位很有名气的朋友有一桩生意要跟她谈。这位名流非常喜欢安东尼娅在婚礼上拍摄的照片。他们在泽维尔和莱蒂西娅的家里喝开胃酒时，那位名流热情洋溢地对她大加赞扬，他本人也准备于4月初在毛里求斯岛结婚。如果安东尼娅同意来给他们拍照，他就当着她的面马上打电话给他已经雇用的摄影师，把他打发掉。当然，除了给她固定的摄影报酬之外，他还会报销她所有的旅行费用。他开出一笔高得不可思议的数目，安东尼娅还误认为自己听错了。她欣然接受了。

　　那时她还在按揭偿还之前去南斯拉夫旅行时的贷款，而且她觉得换换环境也挺好的。回到阿雅克肖后，她便打听有关婚礼摄影师收取的费用信息，虽然费用远远低于泽维尔的朋友出的价，但经过一番计算，安东尼娅发现如果经常有这类工作，薪水会比记者的高得多。而且泽维尔还认识其他名流，他们可能也会相继举办奢华的婚礼，或许也会请她掌镜拍婚纱照。辞掉一个糟糕的工作去干另一个糟糕的工作，虽然前景不是很令人兴奋，但安东尼娅已经做好不管怎么样都豁出去的准备。对生活的麻木不仁再次占了上风。

　　民族主义活动分子若无其事地张贴支持政治犯的海报。在其中一张海报上，一个小男孩孤零零地面向大海，在沙滩上用科西嘉语写下"爸爸"两个字。在他头顶的气泡中，浮现出他父亲的面孔。然而画家把父亲的形象画得凶神恶煞，任何一个明智的人想到这样一个灵长类动物被放出去都会惊恐万分，甚至连他儿子也不例外。还是同样的修辞，同样的图像，但安东尼娅感到十分震惊，多年前的经历在她身上留下了不可磨灭的痕迹，她不愿意再走近犯罪现场。而在生活中，她只会做一件事：拍照。于是她递交了辞呈。

她来到了毛里求斯岛，泽维尔的朋友在一家豪华的海滨酒店接待她，并把她作为一名才华横溢的摄影师介绍给新娘和婚礼嘉宾。他专门为她预订了一栋带私人泳池的小型独立别墅，安东尼娅从未享受过如此奢华的待遇。她出去踩点，到海滩上四处走动，寻找类似于明信片上看到的那些景点，然后喝了几杯由一位和蔼可亲的印度调酒师调制的鸡尾酒。只有在酒店的工作人员身上才能看到岛上的民族多样性，因为客人们都是清一色的欧洲人，他们出格的庸俗举止每每令安东尼娅大跌眼镜。

她拍摄了婚礼的仪式，新郎新娘在一群穿着缠腰装的翩翩起舞的克里奥尔舞女的簇拥下交换婚戒，她还特地为每个客人拍摄了特写肖像。落日时分自然是专为新婚夫妇预留的黄金时刻。安东尼娅拍下了他们在沙滩上慵懒的姿态，突然萌生出一个怪诞的想法，心想他们俩肯定会喜欢的。她让他们脱掉鞋子，手牵着手，尽量靠近海浪，沿着海岸向她跑来。新郎在他毛茸茸的小腿上卷起西装裤，然后两人跑了起来。安东尼娅建议他们重新开始，于是他们再次跑回她身边。两个人都跑得满脸通红，汗流浃背。"也许我们还要重复两到三次，"安东尼娅说，"我想肯定会很棒的，但保险起见，我想多拍几次。"光线在不断变化。半小时后，太阳在地平线上消失，带走了她刚想出来的折磨新郎新娘的借口，她只好放走这两位可怜的受害者。安东尼娅把照片寄给了新郎。他打电话过来，一再说他极为欣赏她的作品，他和妻子都非常感激她。从那之后，她便继续当婚礼摄影师了。

现在，一切都结束了，不会再发生什么糟糕的事情。哦，天哪，她是多么愚蠢，她在流淌的淋浴水帘下这样想着，她是多么愚蠢啊！她走出淋浴间，用拖把将地板拖干净，把脏衣服放在洗衣机里，拔掉了座机电话的插头，关掉手机，然后在床上躺下。

敲门声吵醒她时，已经是次日早上7点钟，她睡得很沉，居然没有做梦，仿佛整个人都空了。她穿好衣服去开门，只见面前站着她的教父。"我的小乖乖，"他低声说，"我的小乖乖。"她投入了他的怀抱，很长一段时间都没有这样去抱过他了。

白天她去了一趟村子，然后去看望父母，马克-奥雷尔在厨房里哭。她去向帕斯卡尔的家人表示哀悼。葬礼的日期尚未确定，尸体要解剖后才能送还给他们。安东尼娅所有的童年朋友都在那里，坐在昏暗的客厅里靠着墙壁一排摆开的椅子上。她在西蒙的陪同下走了出去，两人一起走在村中的路上。如果当年她没有做人流，她的孩子现在应该就快满6岁了，或许会拉着她的手走在他们身边。这是她第一次在脑海里浮现出这样的画面。她没让这个孩子出生是对的。"即使现在，你难道不认为我是对的吗？"她几乎想问西蒙，但她到底没问，她不想让他难过。她问了另一个问题：

"你想一起去镇上吃饭吗？我真的受不了。"

他同意了。他们先在港口喝了一杯，然后去餐馆吃饭。他们在面朝大海的露台上用餐。

安东尼娅说："我觉得我已经死了。"

西蒙告诉她："你并没有死。"

她耸了耸肩，一只手捂住了脸。他心疼地看着她，只要能帮她摆脱痛苦，他什么都愿意做。他拉起她的一只手，她软绵绵地任由他摆布。

"你想我今晚过去陪你吗？"看到她的眼睛噙满了泪水，他紧紧地握住她的手。

"嗯，"她说，"拜托你，留在我身边。"

第十二章
追思：拯救我

（外籍军团士兵在卡尔维海滩上，2003年）

天主，请将我从永恒的死亡中拯救出来。

他现在听到了，这是安东尼娅的声音最后一次在教堂里响起。歌声从她破碎的下巴升起，她又变回了小女孩，面对着过于宏大的世界，她不了解的这个世界，她害怕了，但又不能逃跑。

"我颤抖着，我很害怕。"她说，但人们无法安慰她，就像无法安抚一个因冰冷的洗礼水流过额头而哭泣的婴儿。充满爱意的拥抱、爱抚和亲吻都毫无用处，因为对她来说，她的世界里什么都没有，只有冰冷的咬噬、焦虑、孤独以及彻底的无助。"不要害怕，我的小乖乖。"他想这样回答她，但她已经听不到了。现在的她犹如瞎子、聋子，她呻吟着。他在庄严美妙的歌声中听到了她的呻吟，这歌声也是黑暗的深渊。她的教父轻轻摇晃着香炉，低声念诵经文，香火的烟雾在她的棺材旁缭绕不绝，但她已经闻不到了。

请将所有死者的灵魂从痛苦的地狱和无底的深渊中拯救出来。请拯救他们。

沉重的香炉来回摇晃，四处扩散的香气圣化着上帝创造的肉身。那是上帝按照自己的形象和模样创造的肉身，虽然如今肋骨和下颚已经破碎，血液已经冻僵凝结，肉体已经开始腐烂，躺在祭坛前的身体已经不像几天前在卡尔维街头向德拉甘走去的那位年轻女子。

德拉甘穿着制服，在咖啡馆的露台上等着她，她本以为再也见不到他了。她坐在他的旁边，他微笑着。她想起最后一次看到他的时候，他哭泣着，并示意她不要跟着他走在这座多瑙河的桥上。他告诉她，在北约轰炸中，那座桥只留下了在河水中岿然不动的桥墩。这些桥墩突显在黑暗的水面上，使浩瀚的大河看起来也形如废墟。当时那些年轻人在桥上开怀大笑，可她不明白他们为什么笑，虽然他们明显在充满恶意地嘲笑德拉甘，似乎他在桥上的形单影只、他破烂的迷彩服和他的沮丧都很滑稽可笑。现在他们重逢了，她可以问他，"你明白他们为什么取笑你吗？"他回答说，"我想我明白。"但他耸耸肩补充说，"如果这里面有什么值得去理解的话。""我在听你说。"安东尼娅说。

而现在她已经又聋又瞎，躺在棺材里。棺材被4个男人举起扛在肩膀上，朝教堂门口走去。神甫紧随其后，不断地低声诵经，走过同样也又聋又瞎的褪色的罗萨尔圣母神像面前。此时众人也都站起来了，石板上祷告椅嘎吱作响。他们走在棺材后面，排成一条长队。棺材跨出了教堂的门槛，沐浴在夏日炫目的光线中。在摆满鲜花的灵车前，安东尼娅的教父念诵了最后的经文。祝圣过的水滴落在棺材上，一如洗礼时流淌的水珠，在高温下蒸发殆尽。

"拯救她的灵魂。"

他不断地重复，不想停止祈祷，即使他知道自己待会儿必须暂时脱离神甫的身份，加入家人的队列，与他们一起沿着教堂的墙壁排成一行，当着刻在石头上的恶魔的可怕的脸，最后一次接受众人的哀悼。随后，灵车将安东尼娅带往墓地，她将被安葬在家族墓穴里一个本来不是留给她的位置上，孤零零地长眠在黑暗中。

"我颤抖着，我很害怕。"他听见她在呻吟。

"在这可怕的日子里，"他不可能再推迟这一天的到来，"届时天地都将为之震动。"

他转身离开了安东尼娅。当她被带到离他很远的地方时，他向歌手们道谢，然后走到教堂的墙边，待在家人身旁，继续忍受这些在一天内吻了他二十遍的人，他们现在还争先恐后要再次拥吻他。一些人在拥抱时会报出自己的名字、出生的村庄或他们的亲戚关系，然后问他："你认得出我吗？""是的，当然，我认得你。"只有得到神甫的肯定回答时，他们才会感到宽慰。而此刻，神甫在喋喋不休的哀悼中，身子已经摇摇晃晃地难以站稳，汗水流在眼睑上，烧灼着他的双眼，模糊了他的视线，而他显然已经认不出任何人，甚至连他看着长大的让-约瑟夫、玛德莱娜、莱蒂西娅和泽维尔都没有认出来，只是机械地回吻他们。他甚至没有问他们是谁，因为他不想认出任何人，除了黛米安。

她突然站在他面前，一言不发，只是用双臂揽住他的脖子。他还没来得及感谢她，她就一下消失了，让位于一个泪流满面的陌生人。这个陌生人行完礼后就站在一旁，一边抽烟，一边和朋友一起嬉笑。他听到笑声，不由自主地觉得被这些笑声伤害了，"我怎么变成这样了？"他自问。因为他从前喜欢在静穆的哀伤和无忧无虑的笨拙中感受生命的延续，喜欢听教堂的门槛边欢快的谈话声和喧闹声，从来不觉得坦率的笑声会冒犯到自己。为什么他今天无法忍受他们坦率的笑声呢？他们当然会笑的，他想道。

届时你将以地狱之火来审判人世。

"即使在那一天，他们中的一些人如此恶意地哄堂大笑，这当中可能也并没什么要弄明白的，但无所谓，实际上，真的无所谓。就是因为这个哄堂大笑，我想离开这个名字变化过于频繁的国家。"德拉甘说，"我再也无法忍受了，因为整个国家似乎都突然被同样的哄笑所撼动，那是一种没有欢乐的哄笑，一种抽搐的、可怕的、传染性很高的哄笑。这种笑无处不在，在街上，在与家人的聚会上，在私密的卧室里。行政办公室里，公务员让你在那里等待数小时，自己则在一旁哈哈大笑。他们最终会接待你，但当你声称有权享受某种东西时，他们却在那儿讥笑你，一如讥笑前来领退休金的老太太，因为各种苦恼窘困都可以成为引人发笑的借口。他们手捂肚子，疯狂地嬉笑，脸扭曲着，僵硬得如同面具一般。"

有一天，外籍军团的一个招募员来到城里，为那些遭受可怕的战争狂热之苦的人提供治疗。这种狂热其实就是对战争的留恋，几乎是不可能治愈的，因为加入战争远比离开战争要容易得多。这个人在塞尔维亚巡回招募，他本人也是塞尔维亚人，德拉甘记得非常清楚，他来自尼什。招募员在接待他和他最近退伍的三个朋友的时候并没有嘲笑他们，而是很礼貌地让他们坐下来，然后问他们是否活生生烧死过一个人。由于他们所有人都回答说没有，他有点惊讶，便问他们是否会这样做。沉默片刻之后，德拉甘的一位朋友说，"如果可以离开这里，我可以马上就开始，最好是从烧死一名公务员开始。"这个尼什人听后笑了，笑得很爽朗，就好像听了一个很有趣的笑话，因为他问的问题本身就是个笑话。

"这样去询问人的动机，有点粗暴且十分可疑，"德拉甘说，"可我们都很主动，所以我相信我朋友的回答是绝对严肃的。三个月后，我就到了法国，和来自世界各地的志愿者在一起。他们主要来自东欧，有乌克兰人、波兰人、罗马尼亚人、其他塞尔维亚人，当然还有克罗地亚人，现在我们和他们一起在泥潭里摸爬滚打。"但身体上经受的痛苦却使他们几乎感到很幸福。戴上白色的法国军帽后，德拉甘庆幸自己离开了一个他发誓永不再踏足的国家，起码在那些无法忍受的笑声还回荡在那片土地上时，他是不会再回到那儿去的。跟着法国外籍兵团第二伞兵团，他还可以去很多其他遥远的异国，去非洲、沙漠和森林，还有其他海岸线，那里海浪拍打着珊瑚礁，随即碎成一朵朵的浪花，"只要再耐心等待，我就知道他们要把我派到哪里了。"德拉甘说。此刻的他坐在沙滩上的一个茅棚的露台上，抽着烟，手里拿着啤酒，双脚踩在沙子里。此处的波浪不会溅起浪花，而是在夜晚的闷热中缓缓地拍打着海岸。

　　一束灯光照亮了他的脸和拿着啤酒的手，在他身后，是城堡闪烁的赭石墙。安东尼娅说："我再给你拍张照片。"德拉甘一边抽着烟，一边做了个含糊的手势。安东尼娅不确定光线是否足够，但还是按下了快门，心想，这是她多年来第一次因为单纯想拍照才按下快门。

　　后来，当她的父母冲洗这些照片，准备寄给卡尔维那对新婚夫妇时，他们会看到，当中除了有婚戒、面纱、袖扣、白色花边、宴席上的客人，以及在海滩上无休止地奔跑的疲惫的一对新郎新娘，还有这个他们根本不认识的外籍军团士兵的肖像，他们永远不会知道这个士兵的情况。

　　这张照片，尽管技术上有不完善之处，但如果安东尼娅能够看到它，或许她会很满意。黑暗中只有4个光点：德拉甘脸的一侧，啤酒瓶的标签上的手指，香烟泛出的微小亮光，以及远处城堡像一颗苍白的星星悬挂在苍茫海面上。

　　或许她会觉得自己终于拍出了简朴的照片，小时候，这类照片让她如此着迷：家庭肖像、宝丽来照片、存放在发黄的信封中的身份证照片以及镌刻在墓碑上的照片，这些照片极其天真地说着同样的事情。这些人曾

经活着，但在这之后，当匿名者按下快门的时候，死亡
就发生了。在卢比扬卡的克格勃大楼里，在金边的监狱
里，或者更远一点，在智利圣地亚哥的一个公寓里，逆
光中，一个女学生笑得正灿烂，手里正拿着相机的皮革
套。除了这幅肖像，这个女孩没有别的葬礼。然后，安
东尼娅可能会想，她拍的所有那些引以为耻的照片：滚
球运动员，节庆委员会，选美活动或手里拿着步枪、站在
摩尔人旗帜下、在灌木丛里摆姿势的年轻人，其实都说着
同样的话，同样天真无邪，当然也同样缺乏怜悯之心。

　　安东尼娅坟墓的石碑上并没有她的遗照，虽然她的
母亲很希望放上一张照片，这样她每天来墓地悼念她的时
候，可以看到她女儿从前的面容，而不是她脑海中被记忆
扭曲的误导性线条，然而她在家里怎么也找不到她的任何
照片，除了安东尼娅上学时的几张班级合照，最近的一张
是1982年照的。葬礼后的第二天，她来到安东尼娅的寓所
里到处寻找，最后在一个壁橱深处搜出一个鞋盒，里面
装满了尚未冲洗的底片，所以她现在只能面对着一块灰
不溜秋、几乎是光秃秃的石头哭泣，石碑上只刻着些黑
色字母，上面写着她女儿的名字和生卒日期。

　　天气仍然很热，在蜡烛的红色微光中，墓穴四周花
圈上和花瓶中的鲜花已经开始枯萎。安东尼娅的教父抓
住了姐姐的手臂，"走吧，"他说，"我送你回家。"

现在葬礼结束了，她再也没有力量抵抗他了。他挽着她走在墓地的小径上，"你一定要好好休息。"他体贴地再次对她说，但心里却盼着摆脱她，好与安东尼娅独处，他不想与任何人分享他的哀伤，"我怎么变成这样了？"他想道。

主啊，求你垂怜。
基督，求你垂怜。

他把姐姐送进房间，姐夫因为吃了安眠药，已经呼呼大睡。他独自回到墓地，享受自己充满内疚的快感。此时太阳已落入海中。他推开栅栏，行走在墓穴和黑色的十字架之间，这些十字架又老又旧，斜插在干草中，让人想起此处长眠着被人遗忘的死者。他突然停了下来，看见马克-奥雷尔低着头坐在花丛里，手靠在光秃秃的石头上。外甥的突然出现，而且显得旁若无人，让神甫不由得一阵恼火。但当马克-奥雷尔终于仰起脸看向他时，他看到的是一张极其脆弱和无助的脸。安东尼娅的教父充满感激，觉得自己的心终于打开了，它不再深陷悲伤，只想着上帝的恩泽，也不再像燃烧的炭火的那般灼热。"来吧，我的孩子！"说完，他便上前用力抱住他的外甥，把马克-奥雷尔拥在自己的怀抱里，让自己

的臂弯成为外甥小小的避风港，暂时远离永恒的死亡和
苦涩的日子。他们久久地相拥，一动也不动，忘记了鲜
花、黄昏和死水。

又一个炙热的夜晚慢慢地降临在坟墓上，好像这股
热浪直接源自星星。就在那个相似的夜晚，在凌晨4点
半的卡尔维海滩上，安东尼娅坐在德拉甘身边，抬头看
着星空，觉得自己应该回家了，但这次她可以和他好好
告别。当她问他最后将被派遣到哪里时，他喝了一口啤
酒，回答说，"当然是萨拉热窝。"之后两人都沉默不
语，直到安东尼娅起身，因为现在该上路了。

后 记

安东尼娅拍的照片当然是虚构的，照片的作者也是虚构的，但其他照片，虽然描述得不是很准确，却是真实存在的。

照片的作者分别为艾迪·亚当斯、唐·麦库林、杰拉德·马里、凯文·卡特和罗恩·哈维夫。除奥西普·曼德斯坦的肖像之外，第7章中提到的肖像可以在Noir sur Blanc出版的托马斯·基兹尼撰写的《苏联大恐怖》一书中找到。

同一章中的红衣少女名叫克里斯蒂娜，1913年曾在英国海滩担任摩温·艾格曼的模特。

第12章提到的智利学生名叫萨拉·德·卢尔德·多诺斯·帕拉西奥斯。她于1975年失踪。在智利圣地亚哥的记忆博物馆中可见到她的照片，她的名字刻在同一城市的纪念牌上。

两位摄影师，或者更确切地说是他们虚构的同行，在这部小说中占据着重要位置：加斯东·谢罗，1911年至1912年间在利比亚担任意大利－土耳其战争的战地记者；利斯塔·马里亚诺维奇，其摄影生涯横跨了20世纪的前三分之二的时间。承蒙皮埃尔·席尔，我有幸了解了第一个摄影师加斯东·谢罗。佐拉娜·沃伊诺维奇是第二个摄影师利斯塔·马里亚诺维奇的孙女，多亏了她的帮助，我有幸查阅了她祖父的照片。如果没有他们二位的帮助，这本书将不会问世。在此谨向他们致以诚挚谢意。

我还要感谢让·哈茨费尔德、马蒂厄·鲁热神甫、让－马克·博德森、米利卡、梅利塔、博里斯拉夫和尼古拉。在他们的帮助下，我才得以在这陌生的领域中探索前行。

我曾许诺，不说出给我提供了最珍贵帮助的那个人的名字。但我知道这个人会认出自己，毕竟，这才是重要的。

译后记

　　《科西嘉的女摄影师》原著出版于2018年，主人公安东尼娅是科西嘉岛土生土长的女摄影师，14岁生日那天，舅舅送给她一台照相机。她从此迷上了摄影，后来从尼斯大学辍学回到岛上，供职于一家地方报社，开始了与摄影如影相随的人生。她希望用摄影捕捉现实的永恒，但苦于无从实现自己的摄影抱负。厌倦了总是拍摄那些节庆、婚礼、滚球比赛、科西嘉国民解放阵线活动分子的犯罪现场，安东尼娅于1991年自费只身前往南斯拉夫拍摄战争照片，想记录那里发生的事件，为其留下恒久的痕迹，体验另一种不同的生活，探索影像与暴力和死亡的关系。然而战场上的所见所闻给她带来的却是失望、迷茫和幻灭。于是她重返故乡，辞掉了报社的工作，专门从事婚庆摄影。2003年夏日的一个清晨，在回家看望父母的路上，安东尼娅意外死于车祸。

　　安东尼娅的舅舅既是她的教父，也是村里的神甫，在姐姐的百般哀求之下，迫不得已同意以神甫的身份主持了隆重的葬礼。小说的叙述结构便是以倒叙的形式，随着葬礼上《安魂曲》的节奏渐次铺陈开来。《安魂曲》由村里的年轻歌手以科西嘉复调歌曲的形式咏唱。科西嘉复调声乐曲多为三声部：a segunda（中声部）唱曲调；u bassu（低声部）唱次调，辅助主调；a Terza（最高声部）以装饰性的音色唱高声部，使得乐曲整体和谐完美。歌手咏唱时排成马蹄形，一只手放在耳旁，校验和声。2018年9月在与法国《读书》杂志的访谈中，热罗姆·费拉里坦言他从少年开始就痴迷于复调歌曲，并曾参加巴黎郊区伊西莱穆利诺的科西嘉复调歌曲合唱团，回到科西嘉后曾连续四年参与复调歌曲的演唱。因此，这部小说以复调声乐曲的形式展开，便不足为奇。

全书分为12章，各章题目大多与《安魂曲》的经文有关。故事的主线为安东尼娅的生平，围绕其童年、少年和成年展开，时间跨度为20世纪70年代到21世纪初：她与青梅竹马的男友帕斯卡尔和西蒙的爱情故事，与几位少年玩伴的友情和他们所卷入的科西嘉国民解放阵线的血腥暴力事件；安东尼娅在南斯拉夫战争中的经历，以及与塞尔维亚士兵德拉甘的交往；同时穿插讲述了两名历史上著名的战地摄影记者的故事。这些故事相互交织，形成犹如复调乐曲的三声部结构。

第一位摄影记者加斯东·谢罗，是一名著作颇丰的作家，曾发表过40多部小说，1926年被选为龚古尔奖评委。1911年11月至1912年1月，受《晨报》之托，他以战地摄影记者的身份前往的黎波里塔尼亚，报道当时激战正酣的意土战争。在此期间，他为《晨报》撰写了20多篇文章，拍摄了200多张照片。加斯东·谢罗的文学创作并未获得其同时代人和后人的青睐，知名度并不高，近年来却因一个偶然机缘而重新进入当代人的视野。2015年，历史学家皮埃尔·席尔在法国南部埃罗省偶然发现了30多张既未署名又未标示年代的照片，其中有几张是被处以绞刑的14名阿拉伯人的照片以及一些场面惨烈残暴的照片。皮埃尔·席尔顺藤摸瓜，经过周详的调查发现是加斯东·谢罗在意土战争期间拍摄的照片。他将加斯东·谢罗与妻儿的书信、档案和照片汇总，出版了一本名为《唤醒尘封的殖民战争档案：意土战争（1911—1912）战地记者加斯东·谢罗的摄影与文字》的书。热罗姆·费拉里与作家欧利维埃·罗赫以此为素材，共同撰写了一本书，名为《铁石心肠也会为之动容》，探讨了图像、摄影与战争、暴力的关系。近年来也多有围绕这些照片和文字资料组织的展览、讲座和表演，相关照片大都可在网上查阅到。

第二名摄影师是利斯塔·马里亚诺维奇（1885—

1969），塞尔维亚的摄影师。他酷爱摄影，早年便离开塞尔维亚，前往维也纳、柏林和巴黎进修摄影，在巴黎曾担任《纽约先驱报》欧洲版的编辑。在1912年巴尔干战争爆发前不久，塞尔维亚军事情报部门负责人德拉古地·米特里耶维奇（即阿比斯）召见利斯塔，要求他返回塞尔维亚，以摄影师的身份报道冲突。作为塞尔维亚政府的官方摄影师，他的照片成为这一特殊时期的历史见证。巴黎多次举办过利斯塔的摄影作品展，让公众得以窥见巴尔干的这段历史。

摄影在这部小说中占据了核心地位。小说各章题目大多借用《安魂曲》的经文名（《安魂咏》《垂怜经》《续抒咏》《奉献经》等），各章题目下括号中的文字均为虚构的或真实照片的解说。其中大部分照片是虚构的，但有几张却是真实的，如第四章下加斯东·谢罗拍摄的《被绞死在面包市场上的阿拉伯人》，第七章下利斯塔·马里亚诺维奇的《医生身边奄奄一息的士兵》，第八章下热拉尔·马里的《东德边防部队凿开柏林墙》，以及另外两张罗恩·哈维夫和凯文·卡特的著名照片。除了柏林墙那张，这些照片表现的都是不堪直视的"他人的痛苦"，观众无法无动于衷。

透过安东尼娅的生平和这些照片，作者就他一直关注的主题，带我们一起思考以下议题：科西嘉及其民族主义运动，影像的力量及其局限，摄影与现实、与暴力、与死亡的关系，宗教与人性等。这部小说带有浓郁的哲学色彩，也不时透出诙谐幽默的笔调。安东尼娅的形象刻画得饱满感人，而其舅舅则是书中最富有深度和层次感的人物。他对真理和信仰的追求，他所经受的灵肉冲突，对自身痛苦和绝望的超越，悲天悯人的情怀，凡此种种，无疑为小说增添了一抹光彩。

由于本书在翻译过程中遇到诸多问题，我联系了作者。热罗姆·费拉里本人也曾译过书，非常理解译者，他不厌其烦地解答了我在电子邮件和电话中提出的诸多问题，并安慰我说他其实特别乐意与译者交流。他还给我发来了两段科西嘉复调歌曲（《垂怜经》和《奉献经》）的录音，歌手的声音纯美、庄严、肃穆、高远，直扣心灵，也有助于深入理解作品的精髓。科西嘉的好友米歇尔就一些关于岛上的风土人情和法文原文的理解问题也为我做了十分周详的解答。

本书法语原名《À son image》，出自《圣经》中的《创世纪》："上帝按照自己的形象造人"，宗教意味比较浓重，如果直译过来，在中文语境中读者会不得其解，故改为《科西嘉的女摄影师》，开门见山地突出了小说中故事发生的地点和核心主题。小说中的人名，原文都在名字后加上姓氏的第一个字母。征得作者的同意，我们在中文译本做了如下处理：虚构人物只保留名字译音，真实的历史人物则补齐姓名全名译音。

由于本书涉及面较广，李昕、张驰、傅杰、应翠剑、杨蓝、柏琳、斯蒂凡等朋友以及吉祖英老师均从各自的专业角度，为我提供了宝贵的帮助和意见，谨此一并鸣谢！由于译者水平有限，错误不妥之处在所难免，恳请读者批评指正。

蒙田

2020年4月28日于巴黎